中宣部 2020 年主题出版重点出版物

中国作家协会
脱贫攻坚题材报告文学
创作工程

耕梦

索洛湾

吴克敬 著

作家出版社

图书在版编目（CIP）数据

耕梦索洛湾 / 吴克敬著. -- 北京：作家出版社，2020.8
（中国作家协会脱贫攻坚题材报告文学创作工程）
ISBN 978-7-5212-1042-2

Ⅰ. ①耕… Ⅱ. ①吴… Ⅲ. ①报告文学－中国－当代 Ⅳ. ①I25

中国版本图书馆CIP数据核字（2020）第116306号

耕梦索洛湾

作　　者： 吴克敬
责任编辑： 史佳丽　李亚梓
装帧设计： 意匠文化·丁奔亮
出版发行： 作家出版社有限公司
社　　址： 北京农展馆南里10号　　　　**邮　　编：** 100125
电话传真： 86-10-65067186（发行中心及邮购部）
86-10-65004079（总编室）
E-mail:zuojia@zuojia.net.cn
http://www.zuojiachubanshe.com
印　　刷： 北京玺诚印务有限公司
成品尺寸： 170×240
字　　数： 174千
印　　张： 13
版　　次： 2020年8月第1版
印　　次： 2020年8月第1次印刷
ISBN　978-7-5212-1042-2
定　　价： 36.00元

目 录

第一章

初心的力量

01

“为了什么呢？为了吃得饱，穿得暖。”

中华人民共和国成立七十周年的前一天，我上到延安，参与进脱贫攻坚的现场，去搜集整理这方面的典型材料和突出代表。有点红色记忆的人都知道，这里是中国革命的圣地，是中国共产党在土地革命战争时期创建的红色革命根据地，她既是党中央和中国工农红军长征的落脚点，又是进行全民族抗日战争的出发点。这里诞生了伟大的毛泽东思想，孕育了光耀千秋的延安精神。我赶在国庆节前去到延安，是有我的想法的。我要先走进建立在延安市的“八一敬老院”，与在这里疗养的老八路、老革命，有一个重温革命历史、不忘初心的恳谈。

我是在延安市作家协会党组书记霍爱英的陪同下，去到“八一敬老院”的。我与疗养在那里的老八路、老革命一起恳谈，有六位身体条件不错的老人，从他们自己参加革命的角度，谈了各自的情况。这让我深刻地感受到了他们参加革命的初心，其实就是为了脱贫致富。

我没想到，在我到达我采访的索洛湾村，见着了我的采访对象柯小海时，他给我说起立志乡村建设，带领乡亲们脱贫致富奔小康的初衷，居然与百岁革命老人的初心——革命老人在“八一敬老院”与我恳谈的话，一模一样。

柯小海是这样说的。他说：小时候吃不饱，穿不暖。

柯小海说：我们是遇上了一个好时代，我们不仅要吃饱穿暖，还要有新的成长，新的发展。

柯小海在与我说这些话前，他刚刚赴京参加了国庆七十周年庆典。当时的他就站在“乡村振兴”彩车上，接受党和国家领导人检阅，而我是坐在电视前看到他的。新中国建立七十周年的国庆庆典的日子里，柯小海受邀赴京，参加天安门前的花车游行，他就傲然地站在第二十一辆的“乡村振兴”花车上。宏大壮阔的国庆庆典，陕西的元素有许多，国防建设、科技教育、航天航空……然而农业、农村、农民代表，就柯小海一个人。因为“乡村振兴”的花车上，包括柯小海在内，仅有九位代表。柯小海荣耀地成为其中的一位，那是他的骄傲，也是红色土地延安的骄傲……他是应该骄傲的，骄傲他不负青春，为了家乡，为了家乡的百姓，锲而不舍，坚定不移做出的贡献。

我来索洛湾村采访，得知柯小海的大伯柯玉斌，在大革命时期即于索洛湾村创立了党支部，并担任支部书记。大伯柯玉斌去世早，但他敢闯敢干、勇于革命的精神，给他们那个苦难的家庭，留下了深刻的记忆。柯小海就听老辈人说过，他大伯活着时，说得最为刻骨铭心的话就是：“穷人的肚子，是要依靠革命来填饱的。”

这应该就是柯小海家的传家宝了！

我与柯小海一见面，就在他的带领下，踏访了他大伯柯玉斌当年革命斗争的线路，去到现在被柯小海打造成一处乡村旅游景点的窨子沟，爬上半山崖壁他大伯成立党支部的那孔石窑洞，一起缅怀了作为革命前辈的他大伯。

在那孔石窑洞里，柯小海说了：索洛湾村的发展是有根基的。

那根基是一棵树吗？当然是了，而且还根基于人。我与柯小海的交谈，就他内心关于索洛湾村的根基这一问题，做了较为深入的讨论。在柯小海自己说来，索洛湾村的发展，首先是根基于人！我对他的认识，是举着双手赞同的，别说是一个村子的发展，便是一个小小家庭的成长，家庭里的人才是根基中的根基。没有人，家就不是家，社会也就不是社会了，人世上大事小事都将无法进行，更别说成就了。不过，在我身处索洛湾村的日子里，我还要说，他们村子的根基，在人的因素之中，还有他们村独特的文化根基呢。

一花一世界，一叶一菩提……我无意说佛，但我要说，索洛湾村的文化，就系于那样一棵了不起的树——

一棵名叫娑罗的树，传说是由玄奘大师千里迢迢、万里遥遥，从大唐长安一路向西，也几乎就如神话故事小说《西游记》描述的那样，千辛万苦，取经天竺国，带回的娑罗树种子，天意地遗落在他们索洛湾村成长起来，使他们索洛湾村的历史有了那样一个名讳。

这该是一种大缘分吧，大缘分造就的更是一个大风水。

柯小海与我交谈中，念念不忘的根基，于此只是一例。

而另一例，就是人望了。

02

人望初心，说透了就是让老百姓过上好日子。

索洛湾村生生不息的人望初心，在柯小海说来，就是他们村子里钱、朱、岳、阮、王、秦及他们柯家诸姓，都有“闹红”参加革命的人。柯玉斌、钱文彬、朱彩梁、岳英才、阮世龙、秦启发等，多了去了。出生入死，既英勇地奔赴抗日前线、解放战争，还雄赳赳、气昂昂地跨过鸭绿江，抗美援朝，是他们索洛湾村新时代建设的奠基者。他们不忘前辈们的功绩，沿着他们走过的道路，继续勇敢地前行，还有新的人才在涌现，在成长、在发展……张军朝、路建民两个村里人的名字，因为柯小海要不断地给我说、给我讲，这便使得他俩在我的耳朵眼里，像两位强悍的主人，居住了下来，让我绕不过去，不把他俩先写出来，就把笔墨用不到柯小海的身上。

张军朝和路建民，我与他俩倒是都有一面之缘。

柯小海在我头一次到他们索洛湾村，他陪着我钻他们村的窨子沟，在已经被他们改造建设成一处蓝汪汪湖面的窨子沟沟口，我与柯小海从沟口夯土打起来的坝面上过，他俩当时十分休闲地在坝面上的廊道下，与村里的几位老人玩一种我弄不清的纸牌。我在他们身后站了片刻，十分警觉的两位，便扔下手里的纸牌，站起来问候我了。从他俩简短的几句问候里，我听得出他们二人的社会阅历，可是有得我学习的呢。他俩一眼看出，我是个舞文弄墨的人，我也没有客气，径直说了我的身份。他俩因此乐了一乐，即给我说，让我放开了在他们索洛湾村吃，在他们索洛湾村住，把他们索洛湾村好好看个遍，他们索洛湾村有我可看的呢！

在他俩与我随便拉话的时候，柯小海一言未发，只是用他像张军朝和路建民二位说话的方式一样，把我简单地给他俩介绍了一下，就很尊重地让他们继续玩，而他与我又继续我们的参观与交流。

所以说，柯小海心里的张军朝和路建民，既是他对他俩的记忆与评价，也是村里人对他俩的评价与记忆。

在索洛湾村，我听到了“梢林”二字，村民们说过了，他又说，大家总要以“梢林”为开头，向我述说他们索洛湾村。

这是陕北的一个地理特色了，延安以北的地区，干旱少雨，荒山秃岭是其基本生态，而延安以南地区，相对湿润温和，林木丰茂，既有高耸云天的乔木林，又有几乎密不透风的灌木林，而更多的地方，乔木夹杂着灌木，灌木夹杂着乔木，当地的老百姓即以他们自己的理解，把这样的山地，就都叫了梢林。鉴于陕北“闹红”革命的时候，刘志丹、谢子长、习仲勋等老一辈革命家，巧妙地利用了这一地理资源，与反动派进行着艰苦卓绝的斗争，被后来研究陕北革命的学者，誉为一种独特的梢林精神。梢林精神的核心，就是把革命者与老百姓能够紧紧地联系在一起，共同战胜敌人的一股强大的力量。

我看到过一位革命者的后代，著文记述前辈们在陕北“闹红”的文章。他说“梢林既是陕甘精神的一种象征，也是革命者美丽梦想的象征。其所代表的为人民而奋斗的真挚、快乐、谦逊、踏实、坚韧、坦荡、包容的美好品性，及与大地同在的顽强生命力，成为一种独有的精神特质”。

这样的精神特质，因为梢林的存在，还很好地保存着。

到了张军朝和路建民他们的时代，前进的道路发生了根本的变化，发展的方向也有了本质的改变，但当年陕北红军“闹红”的梢林精神没有变。他们依然坚持群众路线，与人民群众一起，为自己的新生活，像坚韧顽强的梢林一般，不怕困难，不畏艰险，相信群众，依靠群众，做着他们不懈的努力。

在深山梢林里讨生活，可绝对不是容易的呢！

别说是索洛湾村，延安南部的梢林深山地区，几乎没有一个村子是原有的村落，许多村庄，都是五湖四海逃荒逃难来的贫困人家。柯小海家，就是从湖北大别山逃难来的，其他的人家呢，大同小异，少有一家老住户。我曾去与黄陵县相邻的黄龙县采风，就听那里的人说，“全国形势好，黄龙人口大减少；全国形势差，黄龙人口大增加”。我开始耳闻此言，甚是不解，便问了人家，这才详知，全国形势好的时候，生活在深山老林里的黄龙人，就都有了返回故里的冲动，想着法子，千方百计地脱离开黄龙县，携家带口地回去；而全国形势差的时候，故里生活煎熬，以致无法生存，就要背井离乡，远赴黄龙，随便一处地方，山深也好，沟大也罢，只要有块可以开垦的荒地，挖刨出来，点上种子，打得下粮食，能填饱肚子就行。

梢林的日常生活，无论黄陵县全境，或与之比邻的黄龙县亦是如此。

著名的陕北民歌《兰花花》唱得好，“青线线的那个蓝线线，蓝格莹莹的彩。生下一个兰花花，实实地爱死个人……一十三省的女儿哟，就数上那个兰花花好”。热爱陕北的我，走了许多陕北的村庄，知道这曲信天游发源于距离索洛湾村不是很远的府村川，那个村子里的人口不多不少，刚好就一十三省的人家。所以说，信天游里的一十三省，并不是个地域概念，而是那个村庄人口的呈现。索洛湾村的人口状况，基本也是这个样子。大家都是“钻梢林”来讨生活的，这样的生活是比陕北北部那种干枯贫瘠的梁峁地还要艰难，抬头梢林，低头梢林，吃什么？用什么？都是个严重的问题。所以在这里讨生活，除非迫不得已，是没有人愿意“走难（南）路”的。

所谓“难”路，也就是索洛湾村所在的延安以南的梢林地区。

然而命中注定般生活在了这里，有的人家赶上好时候走了，有的人家世代居住了下来。

03

柯小海的家族是这样的。张军朝、路建民的家族也是这样的。他们没有被梢林难住，而是勇敢地做了梢林的主人。如今担任索洛湾村检委会主任的张军朝，对此记得就特别深刻，村里人的日子过得难的时节，缺吃少穿，饿得人眼睛冒花花时，就手提一把老镢头，上山刨“鸡头根”，钻梢林捡拾橡树籽磨粉来填肚子。春天了，山绿了，还得上山挖野菜，钻梢林折树梢头，煮出来充饥……这样的生活，谁能说好过呢？好过难过都得过，梢林就这么不讲道理地锻炼着索洛湾村的人，培养着索洛湾村人。他们自己艰苦，自己受难，但对于国家的责任，一点都没有放弃。在国家还没有免除农业税的时候，他们索洛湾村的人，再怎么困难，勒紧裤腰带，也是要一分一厘钱不少地上缴给国家的。如果国家有需要，号召支援国家建设，他们还会自觉多缴。在他们那一带，索洛湾村不会服输，年年都要争当第一名。

“那个时候，集体的事业就是大家的事业。索洛湾村那个时候，人都非常团结，‘队长一声吼，全村跟上走’。”张军朝就是这么自豪地描述他们过去的集体生活。

他们的这样一种团结进取的集体生活，不仅体现在庸常的户族生活中，还体现在大家的集体劳动和集体感情中。张军朝的记忆与村里人的记忆带着强烈的普遍性，大家回忆起来，作为经济作物的线麻生产，就令人难以忘怀。索洛湾村的土地，大多都在梢林下的沟道里，潺潺溪流，如同呜呜溅溅的银练，串联起一块一块的田地，不仅种植得了玉米、谷子、糜子，还种植得了水稻。不过，种植线麻才是得天独厚的呢。产量高，经济效益大，一经种植，就在索洛湾村推广开来，并深深地扎下了根。

深入索洛湾村的我，不想隐瞒我的生活，在我还未走进大城市西安前，我有一段相当长的乡村生活阅历。对于线麻这样的经济作物，一点都不陌生。因为我就曾种植了多年的线麻，知道身为线麻的农作物，优点可是不少。在我的记忆里，我们把线麻是叫作油麻，或者是绳麻的。这样来说，大家就好明白，线麻就还是种食用油的作物，及拧绳、纺织用的原材料呢！在新中国建设史上，线麻既是人们的日常生活用料，也是国家战略物资用材。

张军朝就是一位种植线麻的好手。

当时的索洛湾村，与全国的乡村一模一样，在保证集体土地的同时，还给普通百姓分配了少量的自留土地，由农民自己安排种植。所以索洛湾村的人家，包括张军朝，把自己家里的自留地，无一例外地都种植了线麻。而生产队集体，也挑出村里的好地，来种植线麻了。

这就是柯小海在内心里敬重的张军朝了。

张军朝在生产队的同龄人里，算是一位少有的知识分子。1980年时，他高中毕业回到村里，第二年就当上了村一级的民兵连长。因为他办事公道，为人正直，再一年，在村民大会改选时，又被选举为新的村长。在村长的岗位上，张军朝一干就是十三年，是索洛湾村改革开放以来，受群众欢迎的一位好村长。村民们历数他的作为，带领村民种植线麻是一项拿得出手的事情。不过，让张军朝自己来说，种植线麻，他继承的是村庄过去就有的一个传统。我欣赏张军朝实事求是的为人品格，因为黄陵县接待我的秦延辉部长，送了我一部题名县上新编的县志，其中就有线麻种植的明确记载。线麻是计划经济时期最为重要的经济作物，而主产区，就包括了索洛湾村在内的双龙镇、店头镇一带，他们这里的土质以及水肥条件，也最适宜线麻的种植……县志的记载往前一直推，还可推到了新中国建立的 1949 年（陕北的解放早于全国解放的时间），黄陵县的双龙镇、店头镇即种植了 3 千多亩线麻，总产 13.79 千克，亩产 42.5 千克。此后许多年，适宜种植线麻的索洛湾村，就一直没有断过种植的历史，用索洛湾村人自己的话说，“线麻就是他们盐罐子、药罐子、钱袋子”。总之，索洛湾村人手头上的那点活钱，几乎都是种植线麻得来的。

我不用多问索洛湾村人是如何种植和产出线麻的，因为我在乡村生活的时候，也是个不错的线麻种植能手。

要我说，种植线麻绝不是我现在笔下写来那么轻松愉快，其种植和产出的过程非常劳累，还非常繁杂。“会爬不会爬，一脚三株麻”，流传在百姓口中的农作谚语，一句话把什么都能说清楚。这句农作谚语，就很明确地总结出了种植线麻的密度，一只脚踩下去，踩得了三株麻，才算是标准的、能够丰产丰收的。下种的时候，与种子一起播在犁沟里的，前有种子，后有复合肥；出苗儿了，又要及时疏苗儿，挑肥拣瘦，把肥肥胖胖的壮苗儿留下来，拣着瘦弱的苗儿拔了去。看着苗儿生长到盖得住人的脚背，就要在行距之间，开沟施用追肥了……而这个时候，伴随着线麻苗儿成长起来的杂草，可是最伤苗儿哩！所以，铲除杂草一定要及时，看着线麻蓬蓬勃勃地生长着，比人长得高出几乎一倍多，这就不要再理睬人家线麻了。静静地等待，是唯一的方法，等待着线麻成熟起来了，组织人去割了就好。割线麻的镰刀，必须磨得非常锋利才行，一刀上去，当即齐根割倒，可是不敢顺秆而爬，那就把上好的线麻破坏了。整整齐齐地割倒在地里了，晾晒得蔫下来，就要先装车拉回大场，摊开来晒，晒脱线麻梢子上的麻籽儿，收起来榨油。麻籽的出油率不高，但香味独特，是老百姓馋在嘴边的一道不可多得的美味哩！接下来的工作，就是摘除线麻秆儿上的叶片了，男女老少齐上阵，谁来都能干。然而摘除罢了叶子，就只能留下有经验的人，来为线麻秆儿分类打捆子了。这是个见功夫的活儿，分类严格，沤出来的麻，才好上等级，卖出好价钱。最后就是沤麻了，把打成捆子的线麻秆儿，搬运到沤麻池边，左一排压下去，右一排再压，反反复复，三米深的沤麻坑，扎扎实实地压满了线麻秆儿，然后注入清冷冷的溪水，沤上那么一日两日的，还要换水继续沤……这个时候，沤麻把式的眼睛就是一杆秤，他眼观沤麻池里的水，在看沤在池水里的线麻秆儿，发现水的颜色，与线麻秆儿的颜色，变化得很是那么回事儿了，就不敢耽搁，迅速招呼人来，从沤麻池里，湿漉漉地掏出沤好了的线麻秆儿，就又摊开在大场上晾晒了。

晾晒得不能太干燥，也不能不干燥，那种干湿相宜的线麻秆儿，才好扯出一缕一缕的线麻来，白花花又韧又长，抓一把在手里，随风那么一甩，轻舞飞扬，真的是如诗如画一般的浪漫哩！

收获线麻的日子，一年到头，不会早了，更不会迟了，基本都在二十四节气的白露之前。

04

索洛湾村的人，把白露收割线麻的日子，也叫“杀麻”的时节。

到了这个时节，索洛湾的山似乎都沸腾了，更何况满村的人，大家无不沉浸在一种非常欢快的喜悦之情中。众人集中在一起，杀青割麻，脱粒摘麻叶，打捆子沤麻，都把乐着的嘴合不上了，有笑没有笑，可笑不可笑，谁说一句话出来，都可能惹得大家一阵哄堂大笑……会唱信天游的人，不失时机地是一定要扯开喉咙，唱他一曲两曲的哩！

可不是吗！先唱起来的是一个男将：

白个生生脸脸俏个溜溜手，
你绵个出出肉肉没揣够。
一把的那个搂住你细腰腰，
你像个老羊疼羔羔。

男将这种带有挑逗性的吼唱，没有难住女将，她们之中有此长项的人会立马站出来，与他对唱一番呢！

男将唱的是《白个生生脸脸俏个溜溜手》，女将就给他还一曲《干石畔栽葱扎不下根》：

干石畔上个栽葱儿他扎不下根，
我在这鬼面前活不成个人。
毛市布裤子里个他扫大腿么，
脑畔上就站着个骚情的鬼。

一男一女的唱来，让索洛湾村比过年要社火还要红火热闹。张军朝对大家在一起的这种快乐劲儿感到高兴。他想，仅仅是线麻的种植与收获，就把村里人的感情，还有村里人的心，都很好地聚拢在了一起，所以说，线麻就是索洛湾村人情感相系的那一根断不了的绳子。

然而风气使然，张军朝能怎么办呢？

家庭联产承包责任制，如一夜春风，吹遍了祖国大地，索洛湾村虽然身处大山密林的深处，却也不可回避地卷入了这场规模性的大潮中，他们顺应时代的发展，就也把村里的土地、牲畜、农具，全都拿出来分配给了各家各户。老实说，眼睁睁看着集体的财产，那么零敲碎打地分开来，张军朝的心里是不好受的，他甚至有想流泪的感觉。

今后的日子，真就没有集体什么事儿了？

张军朝有那么一段时间，想得最多的就是，集体的财产是分配给村里的人了。但集体还在呀，并没有因为财产的分配，而失去集体的存在。有了这样一个清晰的认识，张军朝没有颓废，而是转换了思想，转变了思维，亦即在新的形势面前，如何发挥集体的作用，继续为村里的人服务。

那么村集体还留有什么可以为村里群众服务的呢？

掰着手指头数吧，入得了张军朝眼睛的，还有沿着村子河道边无法耕种的四十亩烂泥田；再是生产队时建立起来的砖瓦厂，还有就是从公社化改制过来的镇政府，下放给村里的铡草机、脱粒机、插秧机等。但这些个东西，无论烂泥地，还是砖瓦厂和各式各样的农业机具，似乎都派不上用场。特别是那一堆农业机具，在镇政府分配给村里的时候，还借用村集体的名义，是贷了银行的款子呢！别说那样的农业机具，其技术性能，与村里的自然条件完全不能配套，根本发挥不了作用，而且还要张军朝按时归还银行的贷款。

这样一个集体，张军朝不头疼谁头疼。

头疼着的张军朝，眼里就只有那座不成规模的砖瓦厂了。说其不成规模，绝没有冤枉了它，小得如山沟沟里靠着一边的土崖，从上到下挖出来的一个圆形的土窑罐。即使在生产队集体的时候，烧砖烧瓦，一窑也装不了多少货。使用的烧窑技术，也原始得可以，不像那时候已经十分流行的轮转窑。生产队解散了，这样一个原始的砖瓦窑，似乎也寿终正寝，免不了塌火的命运。偶然的，有哪户人家，想要翻修自己家里的老屋，需要些新的砖，新的瓦，就给张军朝说一声，交上两个小钱，拉上两个懂技术的人，开火给他自己家里烧上一窑，到窑开的时候，叫上一场电影，给大家放一放，也就算了。

集体的积累在不断地削弱着，十多年后，国家体恤村集体的困难，把贷款利息部分地免了去，再把剩下的款项分摊给个人，才陆续还清了压在集体身上的负债。对于此，今天的张军朝说起来，还深怀愧疚之心，以为对不起国家和村民。即便这样了，有一件急得他想要跳沟的事情，比老虎豹子还吓人地逼在了他的眼前。

那就是索洛湾村里小学校舍了。

都是自己村里人的小孩儿哩，坐在教室里，下雨的天，教室外边下大雨，教室里边下小雨，教室外边的雨停了，而教室里的雨还淅淅沥沥停不下；夏天的时候，是这样一个样子，而到了冬天，情况更为糟糕，四面墙壁到处透风就不说了，一场大雪下来，堆积在房屋的顶上，把房屋的檩梁和椽子，压得咯里咯吱地响，压塌下来可怎么办？

火烧眉毛的事情呢！

张军朝不能唉声叹气，他把集体的烂泥地里长着的那一茬杨树和柳树，一天去看三遍，看一遍，用他粗糙的手，把那些个基本长成的杨柳树，把一遍。他心知肚明，那些个杨柳树，是还有它们的长头哩！可他没有了办法，就狠下心来，报告给双龙镇镇政府，批复下来，砍伐了去，卖了些活钱，请了匠人来，把危房了好些时日的村小学教室维修了一下。

孩子是村子的未来，把学校的教室维修好，张军朝心里的一块石头落了地。

但是他心里的集体意识，依然强烈放不下。我看到一篇采写张军朝的文章，就突出地提出了这个问题，说在索洛湾村里，算是知识分子的张军朝，其实非常老实本分。用张军朝自己的话说，他能被村里人选举为村长，绝对不是因为他有文化，而是他思想品质好，对党忠诚，对集体热心。再者呢，他也是一把种地的好手，他多么想在他的努力下，使他们索洛湾村富裕起来。

他心里的这个梦想，从来没有破灭。

他的梦想，需要有人来继续了。这个人远在天边，近在眼前，就是柯小海给我述说的路建民了。

05

“在我们亲爱的土地上，有多少朴素的花朵默默地开放在荒山野地里。”

毫没来由地，路遥在他长篇小说《平凡的世界》里说过的这句话，随着路建民在我的笔下出现，仿佛流水似的，就也涌进了我的脑海，让我不得不说，张军朝和路建民，他们可不都是开放在荒山野地里的花儿嘛！

承认他们都是花儿就好了。

荒山又怎么样？野地又怎么样？也许偏远，也许荒芜，但一点都不影响花儿的鲜艳和盛开。

我因此想起，在我自己的一篇文章里这样写了：“再小的草，是都会开花的。”张军朝以他自己方式，开放着他自己的色彩。轮到路建民了，他也是会开放出自己的色彩来的。

“土地不会骗人。”路建民如是说，仅这一句话，就特别让我服气。

我在乡村生活的时候，就听老辈人说，“人哄地一时，地哄人一年”。路建民的话，比我听到的这句话，说得更简洁更有力量。与他说的这句相衔接的，还有一句话，那就是村里群众说的：“政策对了头，群众有奔头。”现年直奔七十的路建民，在一位采访他的记者面前，说了曾经的索洛湾村，面对集体经济出现困难时，他们村干部的活思想，担心他们索洛湾村地处革命老区，大家的集体观念都特别强，凡是集体的事情，看得都比个人的事情要重要得多！

路建民本人就是这个样子，他们家到索洛湾村来，都是因为父亲的关系。原在河南老家的宁陵县法院当院长的老人家，毫无预料地被错划为“右派分子”。他们没有地方去，就流浪着落脚在了索洛湾村。这里民风淳厚，他们一家落下脚来，起码能有一口饭吃。所以在路建民的心里，把深山老林里的索洛湾村是深深地爱上了。1978年时，他父亲落实政策，平反回了他们河南的老家，别的家庭成员都跟着回去了，路建民不能说不想回，但他犹豫再三，最后还是留在了索洛湾村，当上村里的支部书记。

当时像路建民这样的身份，放在别的地方，别说有担任村支部书记的机会，便是能够入党，就已经算是高看他了。但这里的人心不同，看一个人，首要的是看本人的品格高不高。他们眼见的路建民，诚实厚道，还有办法，便打心眼里相信他、拥护他，使他走上村级领导岗位，带领村民向前走了。

在路建民的记忆里，村集体不可避免地削弱着，但在他担任起村支部书记的日子里，村里的风气依然很好，特别是他们村干部，仍旧秉持着良好的传统作风，相互都很重义气，重做思想工作。

这样的传统，路建民说了，柯小海也说了。用柯小海的话说，就是“如果没有这样的好传统，也就没有索洛湾村现在的好底子”。

好的传统，养成的必然是好村风。上世纪六十年代至今，索洛湾村的人干干净净，就没有发生过一起刑事案件。

别人说“分田到了户，闲了村干部”。路建民不能这么说，也不能这么干，他哪里闲得下，国家没有取消农业税，他就得催粮要款，把村里人对于国家的责任要不折不扣地尽到了；再还有计划生育的国策，亦需落实好。在此基础上，村集体的义务工，也是一定不能少了的。窝在大山深处的索洛湾村，一场大雨，就可能把村里通向外面的道路冲得断成几截，不修出来可怎么办，断绝与外面世界联系吗？当然不能，仅有口头上号召，是不够的，唯有自己带头，走在前边，一镢头一锨地，挖来土石方，把断了头的路，无论坑大坑小，一个一个地填起来，填平了，压实了，能够通车走人了，路建民才会从路上回家去。

很自然的是，来时他走在最前边，回时他走在最后边。

然而让路建民懊悔的是，因为他们村干部思想观念的落后，还是影响了索洛湾村在改革开放初期的进展。不过，他们发现索洛湾村所处的自然环境，对于新农业的发展，葆有着一种先天性的独特资源，那就是把种植线麻的传统耕作模式，变化一下，集中精力种植水稻了。

南泥湾距离索洛湾虽然有些远，但其自然环境，有着诸多相同点。这给了索洛湾人很大的启发，他们那里种植得了水稻，而且种植出来的水稻，又还很受市场欢迎，我们为什么就不种植呢？守着金饭碗不端，让谁去端呀！今天再来梳理，是谁先在村里开垦水田，种植水稻的，一定能找到根源，但善良的索洛湾村人，把这一份功劳，还是要送给路建民的呢。正是在他担任村支部书记的时候，鼓励扶持村民大力发展水稻种植，把许多村里原来不是耕地的烂泥滩、烂泥洼，整修成了高产丰产的水稻田，大大地改变了村民的生产生活条件与质量。

勤劳使人富裕，村里的赵乐信父子，就因为他们的勤劳，在儿子赵善良从部队转业回来的时候，把他当兵时的见识，运用到生产实践中来，承包了村里一大片水田，精耕细作，成为村里最早富裕起来的人家。

还有阮书生，实现养牛与种植水稻、线麻相结合的道路，也完成了率先致富的人生目标。

他们的富裕，充分带动了村里人发家致富的积极性，大家雨后春笋般奋发而为，使村民们的个体经济得到了最为广泛的发展，譬如有一手机动车辆驾驶技术的柯平，就购买了索洛湾村第一台拖拉机，跑起了长途运输，更快速地成为村里的致富典型。

先富起来的索洛湾村村民，有一个共同的特点，那就是他们的头脑灵活，都有一定的文化知识。这是基础，重要的是他们善于学习，敢闯敢干。总结他们的优点，向村里人推荐传播，让大家向他们学习，是路建民那个时候最愿意做，也做得最有成效的事情。

第二章

青春的梢林

06

梢林是柯小海的童年，童年的柯小海成长在梢林里。

“经常吃不饱，饿呢！”兄弟姐妹九人的柯小海，倒数最后一个，是家里的老幺。他的这一排行，与我太相合了。我在家里也排老小，不过我们家是兄弟姐妹七人，比他们家少了两人。大集体的生活，家里人口多，可不是什么优势，多一个人，就多一张嘴。哪个人的嘴张开来，都要有饭食来填，不填，或者少填，你自己试试，咬紧牙关，嘴上可以不说话，肚子是要代你来说了呢！咕噜噜、咕噜噜，越叫越响，把人喊叫得心烦意乱，死的心都会起！所以在我初见柯小海，他给我说起童年的他，一句“吃不饱，饿”的话，把我俩的感情一下子拉得近了。因为我也熬了那么长的一个历史时期，经常地“吃不饱，饿”！

我的故乡在关中平原上，没有梢林可以钻。

柯小海比我多了一个地理优势，他肚子饿了，可以钻梢林。

梢林里有木耳，有地软，有蘑菇，还有多种多样可以果腹填肚子的野菜和树的嫩芽，只要勇敢，不怕危险，敢于钻进梢林里去，就能采摘到让自己饱尝一餐的食物。而且，梢林里还有许多中草药，适时适地地挖刨回来，还可以增加家里的经济收入。

这应了那句传之千古的老话，即所谓“靠山吃山，靠水吃水”。

黄柏、厚朴、辛夷花、黄芩、知母、白芍、柴胡、远志、草乌、旱半夏、天南星、穿山龙、栝楼……柯小海在梢林里究竟认识了多少中草药，我是问不出头绪了。只是在他的陪同下，走了一段梢林，他就给我实景实样地介绍了这许多中草药。他不仅说得出这些中草药的名称，而且还能说清一些中草药的性能。譬如穿山龙，那种藤蔓样的草药，柯小海就给我说了，其药性温和，味甘而苦，有较好的舒筋活血、止咳化痰、祛风止痛作用。医案多用于腰腿疼痛、风湿痛、风湿关节痛、筋骨麻木、大骨节病、跌打损伤、闪腰、咳嗽喘息、气管炎、支气管炎等。还譬如黄芩，为唇形科黄芩属多年生草本植物；肉质根茎肥厚，叶坚如同披针，花冠紫，多生于向阳草坡地。喜温暖，耐严寒，根可入药，味苦、性寒，有清热燥湿、泻火解毒、止血、安胎等功效。

柯小海给我如数家珍般，述说着我们在梢林里走过时遇见的中草药，忽然地让我也认出了一种来。那就是远志了。

我之所以认识远志，不仅在于这种草药的普遍性，更在于它的名字了。

远志……哦！柯小海生活的梢林里生长有远志，我生活的关中平原也生长有远志。我感动小小的一株草药，居然被人起了那么高迈的一个名字。生而为人，没有远大志向，就无法实现自己的理想。我因为远志，在小学读书的时候，还写过一篇作文，直抒自己的心愿，要向“远志”学习，以“远志”为榜样，做一个有远大志向的人！我不知道做到没做到，但我一直胸怀我那时的向往，从来没有怠慢了自己的志向。

柯小海呢？他可是也有我一样的经历，面对一味中草药的“远志”，树立起自己的远大志向？

我把我内心的感受说给了柯小海，我俩双双举起手来，相互响亮地击了一下。

我与柯小海异口同声地背起了“远志”的别名和药性功能：远志者，又名小草、细草、小鸡腿等，药性微温，药味辛而苦。归心经、肾经和肺经。可以安神益智、祛痰开窍、消散痈肿。因人心肾不交而引起的失眠多梦、健忘惊悸、神志恍惚、咳痰不爽、疮疡肿毒，亦有突出的医疗作用。

我与柯小海背诵罢了远志的药性，俩人不约而同地开怀大笑了一场。

在梢林里，我俩欢乐的笑声，震动着满山的翠色与草木，它们似乎也开心地与我俩一起笑着哩！这样的笑声，青春时的柯小海，在梢林里也许有过，但一定不会很多，因为那个时候钻进梢林里，与今天的心情是不一样的，那个时候为了吃，为了用，可是非常艰苦和不容易的呢！

就说挖刨中草药吧，没有一株是长在挖刨中草药人的手边上，全凭自己钻进梢林里，在那密不透风的梢林里寻觅翻找了，其中还有个经验的问题哩，要首先知道什么时节，什么药材可以挖刨；什么药材，长在什么地方，喜阴还是喜阳？唯如此，才能挖刨得到适时适季适地的优质中草药来，拿到双龙镇上的收购点上去，卖出个好的价钱。

没有过挖刨中草药经历的人不知道，有时候爬过几座山，翻上几道沟，也不一定挖刨得到一株半株的中草药……但是危险却随时都可能发生。

一件让柯小海惊恐不已的事情，就那么突兀地落在了他的手上。

他是钻进梢林里挖刨中草药了，小半天的时间过去了，柯小海在梢林里转悠了几架山并几道沟，收获甚微，在他失望得要回转身来，打道回府时，一朵小小的黄色花花，像是一道太阳的闪光，蓦然出现在了他的面前。他向那朵小小的黄色花儿看了去，他一眼就认了出来，那是一朵黄芩的花儿哩！但它长得太不是地方了，就在一道流水冲刷出的沟渠边上，站在沟渠的下边，只能看见，而挖刨不着，转到沟渠顶上，依然是看得见，挖刨不着。幸好有一棵歪脖子的杏树，就斜生在沟渠边的那株黄芩旁，柯小海就抓住杏树的一根树枝，从沟渠的顶上，下到挖刨得到黄芩的地方，抡起他抓在手里的短把镢头，小心地挖刨了起来。只是一镢头下去，挖刨掉一大块土，即露出那株黄芩的质地来，可不是一株平常的黄芩哩！它在沟渠边上长的年份太久了，已经是一株不可多得的老黄芩哩。柯小海继续挖刨着，他进一步发现，这株老黄芩业已生出了虫子！哎呀呀……这还了得，转山采挖中药材的人，一生能够遇见一回虫黄芩，那就他莫大的幸运了。

虫黄芩可是千金难求的珍贵药材哩！

柯小海顺着沟渠的土坎挖刨下来，他挖刨着，伸手去揪白朗朗满是小虫子的黄芩，谁知他伸手抓住的却不是虫黄芩，而是一条黄色花花的蛇！

柯小海吓坏了，他随手扔掉黄色花花蛇的时候，也从那道沟渠上摔了下来……那天，他没敢再去挖刨那棵虫黄芩，悄悄地下山回到家里来，再也没有去想那棵虫黄芩。

07

生活在梢林里的人家，是有些他们的忌讳的呢。

那条黄色花花的蛇，也许就是那棵虫黄芩的守护神……柯小海不去再想虫黄芩了，但生在土槐树上的小白花花，他看在眼里了，就不只是个想的问题，而是要千方百计采摘来的哩。

土槐树上应时应季开出的一嘟噜一嘟噜的小白花花，可也是一味中药呢。

这味中药的名字特别好听，美其名曰“槐米”。初夏的日子，是采摘槐米的最佳时节，早了药性不足，晚了更是会败了药性。这也就是说，必须是土槐树的花儿待开未开时，采摘下来，才是好的中药槐米了。为了采摘一树的槐米，柯小海会把他自己变得如同那条守护虫黄芩的小花蛇一样，几天几夜地守护在那棵土槐树下，等到时机成熟，便毫不犹豫地采摘下来，晾晒干了，交售出去。

梢林里的日子锻炼着柯小海，使他在增长着生活常识的同时，还增加着他的胆识，考验着他的意志……不过，还有更艰巨的考验，以及更严酷的锻炼，等着他，需要他去经受。

锻炼考验他的，显然还是与他纠缠不清的梢林。

起风了，下雨了，落霜了，对没有吃山欲望的人是无所谓的。但对依赖着梢林，要经常地钻进梢林里寻找生活的人来说，就大不一样了。柯小海就经常等待着阴雨天的到来，期盼着阴雨天的收获。然而真正的阴雨天来了，却也是钻梢林最为艰难困苦的时候。然而柯小海没有别的选择，他只有硬着头皮，趁着阴雨天往梢林里钻了。因为这个时候的梢林里，才会有木耳、地软、蘑菇，从腐殖质的地皮上，或者是枯树的枝杈上，一堆一堆地生出来，招招摇摇，需要来人采摘……渐渐地长大，对梢林有了深入的认识，有了具体的感知，柯小海赶在这个时候，是最长灵性的，他的眼睛在这个时候，似乎也特别亮，穿过层层梢林，能够看见梢林里茁壮生长的木耳、地软、蘑菇。

在柯小海的记忆里，那次钻梢林的经历，让他永世都不会忘记！

母亲的锅灶好，柯小海从梢林里捡回来的地软，择洗干净了，蒸包子吃，要有多适口，就有多适口，软糯却不粘牙，热腾腾散扬着山野独有的那一种气味……木耳和蘑菇也是一样，被锅灶好的母亲生火烧锅做出来，就没有不使柯小海流哈喇子的。

县里来了人，公社来了人，本来都是吃派饭的，轮到村里哪一家了，饭时就由村干部指派他们去。然而县上的干部，公社的干部，到他们索洛湾村来过，吃用了柯小海母亲的锅灶，就不愿意到别人家里去了，赖也要赖在柯小海的家里，等着吃柯小海母亲的锅灶了……柯小海在阴雨天钻梢林捡回家里来的木耳、地软、蘑菇，在这个时候，便有了用场。柯小海的母亲不会埋藏着不用，而是一定要翻来找去，发好了，做给县里和公社里的干部们吃了。地软包子是一个饭样样，木耳与挂在灶口上的熏肉，割下来两片片，切成丝儿，炒了来吃是又一个饭样样，蘑菇炖汤最好，有悄悄攒着的一只野鸡腿，再是攒在家里的黄芪、麦冬、枣儿什么的，投放在一起慢火来炖，可是山里人家的大补哩！这样的锅灶，不能说别人家做不出来，可能是人家舍不得。柯小海的母亲锅灶好，又舍得，县里、公社里的干部不傻，他们咋能不赖在他们家，享一享那梢林里特有的口福啊！

给下村的干部尽心尽意地操持着锅灶，用的就是柯小海阴雨天钻进梢林里，辛劳甚至冒险得来的收获，母亲在做给下乡来的干部吃的时候，柯小海常常会站在锅边看呢。

柯小海的眼睛是看到了，却没有他吃的份儿。

柯小海的母亲，在这个时候，总是把柯小海指使得团团转，让他去劈柴火，劈碎了往锅灶里抱，还指使他去打水，指使他给干部续茶……最初时，柯小海并不知道这是母亲的方法，想要以此教育培养他，增加他的见识。后来他才慢慢有所感知，现在就经常地要感谢他的母亲了。然而当时，他内心是痛苦的，特别特别地痛苦呢，母亲锅灶上蒸腾着的饭食香味，弥漫在他的鼻口上，让他不停地咽口水，眼巴巴看着干部们吃饱了，喝足了，敲着自己的肚皮从家里走了，才有柯小海一小碗的汤汤水水吃。

剩下的是半碗汤面条，柯小海就香香地吃汤面条。

剩下的是半个地软包子，柯小海就香香地吃地软包子。

剩下的是一点菜片片，柯小海就香香地吃菜片片。

柯小海或许对母亲的这种做法有意见，但他从来没有说过，遇着了阴雨天，他会更积极地钻梢林，起早贪黑地去捡拾梢林里有的木耳、地软、蘑菇……那堆让柯小海想要大声喊叫的木耳，就在他手电筒前的喇叭状光晕里，突出地呈现在了梢林里一棵枯死了的树根下。

另辟蹊径！眼前的那堆木耳，使柯小海的大脑里，蓦然涌现这四个字来。

往常的时候，阴雨天钻梢林捡拾木耳、地软、蘑菇，村子里的孩子都是结伴而行，而且总要跟上一两个大人，才去钻梢林，遭遇个危险什么的，互相也好有个照应。但那一次，他却没有与大家结伴一起去，而是自己个儿走了。他走的呢，又是过去大家很少走的一条路线，他想尝试一下，不走别人走的路，是不是会有更好的收获？

夜半时分，柯小海按照他心里的计划，向梢林里钻了，果然钻出了不一样的成果来。

那不一样的成果，不在脚边，而在一座数米高的半山崖上，他按捺着内心的狂喜，打着手电，很快就攀爬到了崖顶上，但没有等他伸出手去，即有一个突如其来的危险，盘踞在那堆木耳旁，让他无法伸出手来了……那是一条蛇！不是他挖刨黄芩时见识到的那种黄色花花蛇，而是一条手腕粗的大黑蛇！显然是，柯小海的手电光，搅扰到了那条大黑蛇，它蓦地抬起头来，足足有半人高，嘴里吐着的蛇芯子，如同流星一般，转头朝向了柯小海，吓得柯小海心惊肉跳，他站在半山崖上，走也不是，不走也不是，他的双眼看着大黑蛇的双眼，大黑蛇的双眼看着他的双眼，相互僵持着，他没有动静，大黑蛇也没有动静。

也许是双方的眼睛对视的时间长了，都没有动静，大黑蛇把它抬着的头低了下去，这便给了柯小海一个机会，他偏过注视着大黑蛇的眼睛，又去注视那堆木耳了。

08

多么惹人注意的一堆木耳呀！

黑汪汪，油汪汪，几乎是到了手边的收获呢！柯小海不会放弃，也不能放弃……他在心里盘算着与大黑蛇较量的方法。

梢林里长大的孩子，从小见惯了蛇蝎的恶毒，因此在大人们的教导下，也都积累了些对付它们的办法。但是柯小海这次面对的，可不是一般意义的小蛇，而是那么粗的一条大黑蛇！他对付得了吗？胆大心细的柯小海，渐渐地冷静了下来，并很好地消除掉了内心的恐惧，他尝试着过去对付蛇的一些方法，来赶这条大黑蛇了。手里握着的手电筒，不就是一个可用的工具吗！柯小海把手电筒的光摁到最大，去照大黑蛇，但却让他特别失望，人家大黑蛇并不为手电光所触动，依然盘踞在它盘踞的地方，一动不动……柯小海一计不成，再生一计，从他身旁的一丛灌木丛中，折下一根长长的灌木枝来，向前伸着去捅大黑蛇，可能是灌木枝的梢头太柔软了，捅在大黑蛇的身上，把它还舒服得直往一块儿缩……万般无奈时，柯小海又想出了一个办法来，他脱下自己的上衣，挑在灌木枝上，狠狠地砸在大黑蛇的头上，这才惊动了大黑蛇，被柯小海用灌木枝戳弄着，沿着那道山崖，滑下沟里去了。

沟底下正好有一渠哗哗流泻的溪水，大黑蛇滚进溪水里，顺着溪水往下游方向游了去。

柯小海的手电筒，一直照着顺水而游的大黑蛇，直到他看不见蛇的影子了，这便快速地收获了那堆木耳，装在他背上山来的小背篓里，背回了家。

我听柯小海给我讲曾经的这件历险故事，把我倒是吓得不轻，总要心不在焉地看我的脚下，看我的周遭，似乎那条大黑蛇就虎视眈眈地，在什么地方窥视着我似的，让我惊惧。

梢林里的柯小海，不断地经历着，也不断地成长着，他在钻梢林的时候，常会情不自禁地到窨子沟的那处半山腰上的石窑洞里去坐一坐。

坐在石窑洞里，柯小海的耳畔常会没来由地鸣响起一首两首的陕北信天游。他记得很清楚，许多时候鸣响的就是那曲《背洼洼开花背洼洼红》：

背洼洼开花背洼洼红，
受苦人盼着那好光景。

有朝一日翻了身，
我和我那干妹子结个婚。
……

不过有的时候，还会是另一曲信天游。是《千里雷声万里闪》吗？是的呢：

千里的雷声万里的闪，
一疙瘩瘩云彩来遮掩。
来了些红军要共产，
先攻下安定后攻横山。
……

那处石窑洞，是柯小海的大伯柯玉斌建立索洛湾村党支部的地方呢！

柯小海想着，他来到那处石窑洞里，耳畔总会响起那些信天游，都因为他大伯柯玉斌。在他们柯姓一家安居在索洛湾村后，大伯柯玉斌依仗他有那么点儿岐黄手艺，很快就在索洛湾村一带，闯出了些名望，大家有个头疼脑热的病症，都愿意请他上门把脉问药，而他也是凡请必去，无论贫富，一视同仁，不会高看谁，也不会低看谁。他瞧的是病患者的病，有药可医，他就开方子医治，无药可医，他绝不会草菅人命，胡乱处方……但这还不是最主要的，大伯柯玉斌为人把脉诊病，不仅为病患者诊治身体上的病痛，机会恰当的时候，还会为其治疗心灵上疾病。这个时候的大伯柯玉斌，就既是游走四方的郎中，又是一个负责任的共产党员。他向人民群众宣传革命的道理，以及与反动派斗争的必要性……大伯柯玉斌因此团结了许多有革命理想的贫困百姓，团结在他的周围，来为他向往的革命理想而奋斗。

大伯柯玉斌他们索洛湾村最早的几个党员，在那处石窑洞里成立党支部时，就唱了那些信天游。后来他们在石窑洞里开会安排工作，在石窑洞里是还唱那些信天游的。

柯小海的大伯柯玉斌，作为索洛湾村第一届党支部书记，没有留下多少文字记录，但我从黄陵县给我的资料中，看到了一部书写牛书声的传记。这部传记的出版单位为中央文献出版社，所以有很高的可信度。其中写到了许多当年在这一地区坚持斗争的革命志士的事迹，柯玉斌成立他们索洛湾村党支部的那一种石窑洞，就出现在了里边。在梢林里坚持革命斗争，那样的石窑洞，是最好的隐蔽之所了。柯玉斌任支部书记的索洛湾村支部，在那个石窑洞里，就召开了多次支部会议与活动。受到柯小海大伯的影响，柯小海的父亲柯雨荣，积极要求进步，他大伯知道与地方反动派的斗争，是你死我活的，他不愿意柯雨荣小小的年纪，就跟在他身后闹革命。他想让他在家里多待些日子，也好替他照顾家庭。可是小小年纪的柯雨荣，不听柯玉斌的话，身为大哥的他走到哪里，小小年纪的弟弟就能撵到哪里。

大伯柯玉斌领导的红色赤卫队，经常就钻在梢林里。

现在柯小海爱钻梢林，他父亲柯雨荣像他那个年纪的时候，是也爱钻梢林的。他们对梢林有一种独特的感情，是熟悉的，是敏感的……柯小海的大伯柯玉斌，带领他们赤卫队在索洛湾一带的梢林里活动，他并没有带着赤卫队回村，可是被他劝在家里的小老弟柯雨荣，像只梢林里的精灵，他抽搐着鼻头，似乎闻也闻得见，赤卫队就在他们索洛湾村的附近活动。这个时候，他连给家里的老人说都没说，就独自钻进梢林，去找他的大哥柯玉斌去了。辗转几条大山，又翻越几条大沟，凭着他对“闹红”的一往情深，还有他丰富的梢林生活经验，他找寻到了梢林里的赤卫队。柯玉斌作为柯雨荣的大哥，他在见到小弟的头一眼时，心跳得“咚咚咚咚”地响，想他小弟的革命意志，是那么坚定，想他小弟梢林里的经验，是那么的丰富，而这一切，对赤卫队开展工作，将会有非常大的帮助……身为大哥的柯玉斌，没有再把柯雨荣往家里撵了，他把他留在了身边，成为他们赤卫队里年龄最小的一名队员。

1935年夏天的时候，地方反动民团头目夏玉山，配合甘肃军阀马鸿宾进攻陕甘宁边区的双龙镇，柯小海的父亲柯雨荣所在的赤卫队，就在那一带活动，搅扰得军阀的部队一日都不得安宁。民团头目夏玉山奉命向百药沟搜索挺进，妄图咬住赤卫队，并给予破坏。还别说，同样熟悉这里情况的夏玉山，钻进百药沟来，在这里找到了隐蔽休息的赤卫队。当时的情况是，柯小海的父亲柯雨荣，就在百药沟沟道里的一棵大树背后，为休息的赤卫队放哨。他是警惕的，但也觉得夏玉山他们来得太突然，在他警惕的眼光里，于那棵大树的背后，蓦然发现搜索而来的夏玉山民团，他连跑进百药沟里给带领赤卫队的大哥柯玉斌报告的时间都没有。面对着凶残的顽匪，年纪尚小的柯雨荣没有畏惧，更没有胆怯，他是迅速地想了，自己必须立即做出反应，把他遭遇到的情况，告诉他大哥，才能给他大哥充分的时间，来与夏玉山的民团战斗！英勇的柯雨荣想，他最快捷的反应，就是向民团开枪了。柯雨荣扣动了他端在手上的机枪，向民团打去了一颗子弹，把消息用他射给敌人的枪弹做了报告……但他的战争经验，还有战斗历练，总归是太稚嫩了。他暴露了自己，并被敌人轰来的炮弹炸伤在了血泊中，直到他们赤卫队的战友在他大哥柯玉斌率领下，打败了夏玉山的民团，救出他来，才没使他遭受更大痛苦。

然而年少的柯雨荣，就在这次遭遇战中，他右手上的五根手指，全被民团的炮弹炸没了。

09

钻在梢林里，爬进梢林里的那几孔石窑洞里，柯小海总要想起那些过去的事情。应该说，那既是一种缅怀，更是一种激励，钻一次梢林，爬一次石窑洞，柯小海的精神境界，还有他的思想意识，都会有一次提升。

我与柯小海聊天，聊到了梢林，聊到了石窑洞时，我俩就正好走在梢林里。

我记得十分清楚，那个时候，夕阳西下，我与柯小海走着的梢林，已经被他整修出来，成了村民休闲散步的场所，脚下的路，不是原始的沙石泥土路，而是人为修造的步行道，它们虽然是人为的，却在修造的时候，不以人的意志为意志，而是依山赋形，尊重的是自然的需求，就那么自自然然地弯在沟道里，绕在山畔上，适合铺砌水泥砂浆的路面，就水泥砂浆的浇筑了，适合架梁做桥，就悬空架桥铺板……总而言之，我走在那样的山路上，感觉是太享受了。

脚边的溪流，清清亮亮，呜呜溅溅，仿佛刚刚开场的小夜曲，特别地入人心，透人肺；再是偏得不见了的太阳，把漫天的余晖，洒在抬头看得见的山梁梁上，不是哪位画家想要画，就画得出来的……一时之间，我陶醉在索洛湾村的初夜里，不想思考，不想作为，就只想静静地、静静地，像个傻子一样，随便地坐在那里，发我的呆。

我沉默了，不再与我同行的柯小海说什么，而他也似乎特别理解我，就也静静地不说话。

我俩享受着索洛湾村的黄昏，听山泉在响，看鸟儿归巢，还有村庄街道上浮浮荡荡的炊烟……许多年了，我生活在西安城里，到哪儿去寻找这样的美丽景色呢！

这一份怀乡之幽情，把我似乎一下子，也拉回到了年少的时候。

我很想给柯小海说说我的少年！因此我在我俩沉默了一会儿后，率先打破了沉默，我说了，说的是我的真心话。

我说：柯小海，我羡慕你的梢林！

我这么说来，是想要接着我的话头，说说我的少年往事的，却被柯小海逮住了我的话头，完全不容我插话，就又说起了他的过去。

我来采访柯小海，可不就是要听他来说的嘛。

我感到高兴，柯小海给我敞开胸怀的回忆，这可是我写作时最为需要的细节哩。

你不知道，我太淘气了！柯小海就这么开门见山地说了起来。他确实够淘的，而且又皮，所以在父母亲的身边，他是兄弟姐妹中挨打最多的一个。不过一个男孩子，没有点淘劲儿，没有点皮实性格，还真是难成事。因为凡是淘点儿的男孩子，再有点儿皮实的劲头，就不怕吃苦，也不会畏难，没有他不敢尝试的事情，做坏了都不怕，总结经验继续做……他下河摸鱼，被水淹了；他钻梢林烧野鸡蛋吃，被山火燎着了；同村里的伙伴玩耍，他从高高的山崖上摔下来，摔伤了脑袋，伤了一道口子，他自己找来几样可以止血的青草，捣碎了涂在伤口上，没弄好，化了脓流出来，才被母亲发现。心疼他的母亲，急得直哭，他倒是没事儿一样，还微微笑着安慰母亲。

柯小海是这么安慰母亲的。他说：打是亲，骂是爱。妈你打我吧。

母亲被他这么一说，也许是气急而怒，真的要打他了，他却兔子一样跑了个远，让母亲打不着他。但他是还要鼓励母亲惩罚他的。

柯小海说：妈你打不上我，你骂我呀。

淘气皮实的柯小海上学了。上学了的他，倒是让父母亲对他放心了不少，学校的老师传话给柯小海的家里，给他父母亲说了：你家小海是个读书的料，学习成绩在他们班级总是名列前茅。父母亲相信了老师的话，因为这个时候的柯小海，在家里也特别听话懂事，大约到他三年级的时候，个儿比家里的锅台高上去没有多少，可他却已如大人一样，能在锅灶上有所作为了……蒸个米饭，下个面条，馏个馒头，甚至炒一两样菜，也是做得到的，像他炒的酸辣土豆丝，炒的酸白菜，至今都是他们家灶头上拿得出手的特色菜。

柯小海四川籍的母亲，身材瘦弱，前前后后生育了他们兄弟姐妹九个，可是把她的身子要掏空了呢！加之村集体的劳动，那可是太繁重了，但柯小海的母亲，一点都不知道爱惜自己，她太要强，太刚强了，她不会开口求人，生产队里的活儿，一样都不想落下，再苦再累，都会默默地承担起来。便是包产到户，自己耕种自己家里的地，母亲表现得亦不知惜力……睁开眼睛都是活儿的母亲，把教育好自己的孩子，看得比干好各种农活、各样家务活还重要，一旦发现她的孩子，无论男娃娃，无论女娃娃，要与村里的孩子口角，她是绝不会轻饶的，动之以情、晓之以理的教导，是一种方法，还不听话，再要惹事，就会动家法，让孩子跪在家门口，不认错不让起身……柯小海就经历过那样的惨痛教训。不过，经历了母亲严厉的教导，让柯小海看问题的角度慢慢发生了变化，他不怎么偏激了，凡事都会站在对方的立场多想了。柯小海这么想，自然会先想到了他的母亲，教育子女绝不能落在人后，家里家外一把手，年近六十岁时，还要下地干活。柯小海睁眼看着母亲，他不想母亲那么劳累，就只有拼着命来帮助母亲了。

后来，哥哥们先后娶了嫂子，另立了门户，姐姐们出了嫁，有了她们自己的操心，家里就只剩下一个柯小海。这使他恨不得把母亲要干的活儿，全干了。

走进学校的校门，柯小海是一个认真读书的好学生；走出校门来，他就是一个料理家务的内当家……锅灶上烧的柴火，都是他星期天钻梢林，捡拾干枯的树枝背回来的，夏忙、秋忙，他是家里最扛硬的一个劳力。

10

或许我的年少时的经历，与柯小海太相同了，听到他的这些叙述，我想起我自己，居然还暗自掉了几滴眼泪。便是我在电脑前，敲打这段文字时，依然还心里发着酸，眼睛湿漉漉的。

然而不论家里多么艰难，柯小海的父母亲都没有让他放弃读书深造的机会。

在村里上罢了小学，柯小海以优异的成绩，考取了双龙镇中学。

中学的学习，自然要更艰深一些。因为艰深，也让柯小海多了许多思考，并对生活和人生产生了更为深刻更为全面的认识……父亲柯雨荣，在小石崖根据地的赤卫队里，作战勇敢，不怕牺牲，多次受到区委表彰，1948年时，年龄刚刚够了入党条件，他就被组织吸收为了一名光荣的中国共产党党员。但他受伤残疾，全国解放后，组织根据他的实际情况，给他安排了工作，可他在和平时期，似乎更加热爱农业生产劳动。因此，父亲柯雨荣在西北电力的一个基层公司干了些日子，就又调回双龙镇的乡镇煤矿，做了几年，听双龙镇的干部说索洛湾村找不到合适的村干部，他就自愿回村，既担任生产队的民兵连长，还担任生产队长和支部书记。

这么说来，柯小海可是个村干部家庭出身的青年呢。

村干部家庭出身的柯小海，常听母亲教导他："人只能自己吃亏，不能让别人吃亏！"

母亲言传，父亲身教，当了几十年索洛湾村家的柯小海父亲，战争年代，为了革命的胜利残疾了他的手，但残疾不了他为人民服务的信心和决心。家里来了乡里、县里的干部，他们在一起谈论工作，父亲柯雨荣不说什么，柯小海会在给他们添茶水端饭的时候，听他们说话聊天。柯小海有一个让他十分骄傲的发现，几十年来，到他家来的干部，无论乡里的、县里的，都在走马灯似的变，但索洛湾村没有变过，一直是他父亲柯雨荣……乡里的干部变了，再来他们家，县里的干部变了，再来他们家，人是变化了，但从不变化是他们对父亲柯雨荣的敬重。把父亲是要尊称为老前辈的。

为索洛湾村当家的意识，在柯小海的脑海里，就这样潜移默化地积累着。

与柯小海交流，他说在他的印象里，父亲柯雨荣每年参加的"三干会"，让他受益匪浅。现在的人，不知道"三干会"是个啥会？我是过来人，亦因我曾经的经历，是知道“三干会”的重要意义的。有那么一段时期，年初时候，全国各县都要召集一期有县、乡、村三级干部参加的大会，就农业、农村、农民，也就是后来常说的“三农”问题，进行一次大安排和部署。十一届三中全会后，中共中央每年发出的一号文件，说的就还是“三农”问题。那个坚持了许多年的“三干会”随着改革开放的深入发展是没有了，但父亲柯雨荣参加的“三干会”，柯小海一直牢牢地记忆着。他之所以有此记忆，都因为父亲参会时少不了要带上他，让他听会。会场上没有条件，会场外找空子来听，耳濡目染，使柯小海早早地得到了培养。

应该说，那种潜移默化的培养，在柯小海的心田里，种下了一颗集体主义的种子。

作为索洛湾村“革命老干部”的父亲柯雨荣，他热爱集体，只要是集体的事情，就都像他的事情一样，绝对不能含糊，必须要首当其冲，做到做好，不打折扣……今天的柯小海，对此深有感触，他说父亲柯雨荣给予他的这样一种滋养，是十分巨大的。

父亲柯雨荣给柯小海说得最为重要，也让他永难忘记的一句话就是：没有村集体，就没有社会主义新农村。

第三章

接班索洛湾

11

柯雨荣是索洛湾村里的“革命老干部”，他培养了张军朝、路建民。他俩是优秀的，是称职的，柯雨荣信任他俩，他俩接了他的班。

坚持集体主义观念，一心为了索洛湾村全体村民都富裕起来的张军朝、路建民，在村里给大家服务也有些年头了，他俩也感到随着年龄的增长，让他俩继续为村里服务有点力不从心。他俩也是煞费苦心，在村子里千般寻找，万般寻觅，找寻可以接他们班的人。

特别是生产队的土地全部分配给村里的家家户户后，张军朝、路建民感觉到，他们村干部是越来越有点英雄无用武之地的悲凉。这使他们不免想起索洛湾村的过去，当然这也是他们从“革命老干部”柯雨荣那里听来的。

柯雨荣就曾给他们讲述过大革命时期的索洛湾村，处在小石崖根据地的中心地位，群众的基础非常雄厚，他们村很好地融入进了根据地的建设当中。《黄陵人民革命斗争史资料》对此有着非常翔实的记载，红二十六军、第三路游击队，就长期活动在这里，给这里的群众留下了十分坚实的革命基因。不仅他们索洛湾村是这个样子，整个双龙镇地区都一样，农民群众的思想觉悟普遍高昂，大家相信中国革命，相信中国共产党……当年的土地革命，所开展的整风、大生产和练兵运动，就很好地解决了群众的生活问题，以至后来的历次运动，索洛湾村在大的政治倾向和物质生活上，就都没有落后过。偏偏是土地承包到户以来，村里的经济发展十分缓慢，集体经济全面萎缩，甚至空白。这是张军朝、路建民所最困惑的。

然而他俩虽有困惑，却也有安慰。

困惑的事情方方面面，最核心的还是集体主义的问题。对于这个问题，路建民不仅困惑，而且非常谨慎。这或许与他的成长经历有关，初中毕业的他，回村来先在村子的小学当老师，他很受学生欢迎，年年都是先进，受到了公社还有县里的表彰奖励。因为一个“可教育好子女”的身份问题，让他不得不离开热爱的教育事业。思想素质过硬的路建民，没有自怨自艾，他在生产队里劳动，表现得像他站在课堂上给村里学生娃讲课一样努力，村里人看在眼里，都很拥护他，但他就是无法进步，直到改革开放后的1986年，他才被允许入了党。有了这个基础，路建民认真地想他要带领索洛湾村人，走向一条幸福的大道！

然而他美好的理想，只能是无奈的空想了。

集体经济的解散，路建民一点办法都没有。

路建民那个时候，以为他能坚持做下的就是索洛湾村的村风，一定要保持好既有的传统。他以为这是索洛湾村根本中的根本，有了这个根本，想方设法适应不断变化的形势，也才能走得端，行得正……政策鼓励让一部分人先富起来。

先富起来的人，是要带动后富的呢！

然而，问题恰恰也出在了这里。

政策性地让一部分人先富起来倒也不难，难的是让先富起来的人，心甘情愿、无私无畏地带动后边的人富起来。这把张军朝、路建民他们是难住了，因为他们看得非常明白，造成这样的结果，还不能怪先富起来的人，他们是富裕了，其所富裕起来的经验和走过的路，并不是后富的人可以借鉴，或者应用的。譬如买车跑运输吧，首先得有那么多资金购买车辆呀！即便七拼八凑，筹措下了那么一大笔钱，把运输车辆买回来，还要有人会驾驶呀！再是在他们索洛湾村种植水稻，倒是能够卖上好价钱，但村里的水田太有限了，已经被人承包了去，人家合同在手；那么养殖呢，村子里环境倒也非常适合，然而投资成本大，技术要求高，也是一个大问题呢！

记忆中，作为村支部书记的路建民，和张军朝他们村委会一班人，没少开会讨论。他们因此还请来了双龙镇政府的相关领导，参加他们的会议进行指导，就这个问题反反复复地讨论，总结既有的经验与教训，那就是大胆地解放思想，克服自身的缺陷与不足，增强市场经济的竞争意识，找寻到适合索洛湾村经济发展的突破口，并以此为导向，结合村情民情，全力扭转索洛湾村发展滞后的面貌……方向和路线是确定下来了，那么谁来做呢？靠他们现有的村干部吗？别人没说什么，他们自已就先摇头了，不是谁一个人摇头，而是村委会班子里的人都有意无意地摇了头。

他们摇头，不是否定他们思想情感，也不是否定他们的热情干劲，而是意识到他们班子，需要补充新的血液。那就是对市场有感觉，对村民有感情的年轻人，进入到他们村级班子来，不如此，不能实现他们想要的发展。

“先富带后富”，政策上不就是这么提倡的嘛！

路建民，还有张军朝，作为村里当家人的他俩，既没三心，又没二意，大势所趋，他俩自此把选择培养村级未来领导班子成员的眼光，集中放在了村里先富起来的人里边。

先富起来的人，是他们发现培养的第一条标准，再就是公道、正派、能干。

按照路建民、张军朝他们村级领导班子定下来的标准，他们就在村里“先富起来”的人里边寻找目标，他们一个人一个人地往过捋，捋到后来，不能说没有，但要达成共识却非常困难，十来个先富起来的人，把谁拉出来讨论，或多或少，都有不小的争论。

问题就这么耽搁了下来。

耽搁着既让路建民、张军朝他们着急，也让关心村里发展的村民们着急。大家都在着急，着急着就又到了一次村级领导班子换届的日子里了。路建民、张军朝还找寻不出一个能够接他们班的年轻人，让他俩别说跟村民们说不过去，便是跟他俩自己，都也说不过去了。就在这么一种让他俩抓耳挠腮，吃饭饭不香，睡觉睡不着的时候，他俩想到了一个人。

这个人就是柯小海。

12

柯小海这年二十二岁，是他们索洛湾村"革命老干部"柯雨荣的小儿子。

柯小海长在"革命老干部"柯雨荣的身边，得到了他的真传。着实因为他的家教严，家风好，有想法，有闯劲，几年来自己在外打拼，已经拼出了一番他的天地……但这只算是一个方面。更重要的是，他不只自己在外打拼，村里谁家有个事情，红事、白事，说不说他是不论的，只要传到了他的耳朵里，他就一定会跑回家来，主动到事主的家里去，随上他的份子。如果还有问题，他则不分亲近，还要自觉留下来，贴人贴钱，给事主家帮忙。

路建民、张军朝不谋而合地想到了柯小海，想得他俩很是兴奋！

俩人一合计，就准备去找村里的"革命老干部"柯雨荣，与他先沟通沟通，争取到他的支持，然后再找柯小海，做他的工作。主意已定，俩人商量了一下，就由路建民出马，去找柯雨荣了。可是路建民犹豫着怎么去给柯雨荣说，柯小海倒先找到了他的面前，表达了他的意愿。

瞌睡遇着了枕头，路建民、张军朝喜出望外，接他们班的人千呼万唤，终于露出头来了！

这件事像用刻刀刻在路建民心里似的，他记得非常清楚，是柯小海主动找到他的家里来的。柯小海到他家来前的几个日头，天气不是特别好，老是阴沉沉的，却不下一滴雨，让人心里有种说不出憋屈，不仅山野一片潮湿，就是自己的家里也都湿乎乎的……柯小海就在这样一种气候状况下，开着他跑运输的车辆回村里来了。柯小海回村来的讯息，路建民听人已经传话给了他，说是柯小海孝顺哩，他爸这些日子身体不好，有病，他赶回来陪他老爸来了。路建民得到的讯息，就是这些。因为他也知道柯小海的父亲病了，村里的“革命老干部”哩，有了病，他是一定要去看望呢。非亲非故的他，都去看过柯小海的父亲了，柯小海能不回来看望陪伴他父亲吗！那是必须的……吃罢晚饭，路建民在家还就想着柯小海看望陪伴他父亲的事情哩，想他明天的时候，趁着柯小海回家的机会，找到他，与他当面谈谈，劝说他回村来接他们的班，却没想到，他赶在当天晚上，就到他家来了。

柯小海到了路建民的家，路建民没有立即给他说出他的想法，而柯小海也没有立即说出他的立场。

路建民之所以没有立即说，他是想先听听柯小海是怎么想的，顺着他的话题，他也好因势利导，做他的工作，让他站出来接班。那样的话，效果可能要好一点。柯小海没有立即说出他的立场，是也有他的顾虑呢。他毕竟只有二十二岁，“嘴上没毛，办事不牢”，俗话是这么说的，他如果不知轻重，突然表明自己的立场，人家嫌他年轻怎么办?

两人就那么坐在一起，因为各怀心事，就都把他们想说的话暂且藏在舌头后面，就他们能说的话题，先拉了几句。

柯小海很自然地说起了他父亲柯雨荣的身体。

柯小海说：我爸的身体越来越不好了。我哥和我姐，又都不在我爸身边，我就想着自己回来哩。

要说呢，路建民等的就是柯小海说的话呀。但他真能装得住，却没有接着柯小海的话往下说。

路建民拐了个弯子说了：你的生意做大了，撂得下吗？

柯小海笑了笑，说：老人要紧，一辈子就是个操心。他也该享几天福了呢。

路建民感觉有戏，就继续来套柯小海的话。他说：村里的老人，要说享福，你爸是算上数的哩！尤其是你，手上宽裕了，心里想的都是你爸，把你爸孝敬得，他时常在我跟前夸你哩。

柯小海说：孝敬老人，那是应该的。但我知道，我老爸还有他的心事哩，他啥时候都放心不下咱索洛湾村。不瞒你说，我爸给我说得最多的话，永远都是咱索洛湾村，想着我能为村上做些事情。

柯小海这段话说罢，没有等路建民回话，他自己紧跟着就又说了：孝敬老人，要我说，听老人话，是最大的孝敬。

路建民心里乐了起来，脸上的颜色也明显亮了起来。他说：你是好样的！

柯小海却说：可是我爸还是担心我，怕我成不了事。

路建民怕柯小海把话说回去，就鼓励他说：咋能说你成不了事呢？

路建民像柯小海刚才一样有些急了似的说：你成就得自己都要飞上天了呢！

柯小海不让路建民这么说他，就自己说：那是在人家城里呢。

柯小海说：城里有钱的人多了去了，我挣的那点钱不算啥。大不了就是自己吃些苦，苦出来的呢！

路建民听柯小海这么说，他是完全赞成的。他因此更加看出柯小海年龄不大，心大着哩，而且还不浮躁，沉得住气。这些素质，不正是一个有为青年所应有的吗！

路建民因此把他心里想的，给柯小海要往出掏了。他说：你说得对。凡是苦出来的钱，装在口袋里才踏实。

路建民说：咱索洛湾村人的眼睛不瞎，都看得清楚着哩。

柯小海不晓得路建民说村里人清楚着哩，到底是清楚个啥？难道只是清楚他的钱是苦出来的吗？这是不够的，还应该清楚……清楚他对索洛湾村的一片热心才对呀！

对此，柯小海是想要有一些了解的。因此他问路建民：都只清楚我苦出来的钱吗？

路建民没有想到柯小海会问他这样一个问题。他说了：你对你老爸的孝顺。对自家老人都不孝顺的人，村里人是不会服气的呢。

柯小海从路建民的嘴里听出他想听的话了。有了这么一句话，他没啥好犹豫的了。但他知道，这也只是路建民一个人的认识，他要想真正获得村民的认识，是还要做出自己的努力的。因此他还不能给路建民挑明了说，村里换届，他就带头干了。不过他心里是已有了底儿了，因此他站起来，向路建民告别了。

柯小海告别的话是这样说来的。他说：我把您叫叔哩。

柯小海说：咱自己人不说见外的话，今后村上有啥需要我的，您给我就一句话，我听音就来。

柯小海给路建民的承诺，就是这么干梆硬正，没有一句闲话。这是因为，柯小海虽然好几年在外跑运输，跑得天上地下，常常不在村里，但他的心像是一颗种子，深深地埋在了索洛湾村的土地里，一直听得见索洛湾村的脉动，还有索洛湾村的期望，知道索洛湾村的需要。他在外面跑，积累着他人生的积累，经历着他生命的经历，到头来都是为了更好地服务他人生的索洛湾村，发展他生命的索洛湾村……早先的时候，是他的生身父亲，“革命老干部”柯雨荣为索洛湾村一心一意服务奋斗，后来是张军朝、路建民他们，全心全意为索洛湾村服务打拼，他们在村里做过的事情，柯小海是都看在眼里、记在心上了的。

柯小海感激他们，感谢他们。

柯小海从路建民的家里告辞，他走出门外，回头来看，看见路建民也跟了出来，嘴巴一张一张的，像是有话要说，却说不出来的样子。柯小海的猜想没有错，路建民的确是要给柯小海说点事呢，但老成持重的他，一个作务庄稼的名词影响着他，他还不能先说出来。

那句作务庄稼的话，是常要吊在庄稼汉的嘴上的，非常简单的两个字：蹲苗。

与“蹲苗”两个字相对应的，就是“揠苗助长”的成语了。

一辈子在索洛湾村与土地打交道的路建民，太知道“揠苗助长”的毛病了，把麦子、玉米、稻子什么的农作物，播种在田地里，必须根据气候的变化，来作务庄稼的。如果不去适应气候的变化，而是一味地助苗生长，长得快了，看起来倒是好看，却不一定能打粮食。而如果适应气候的变化，不人为地助苗成长，还恰到好处地限制庄稼的生长，反而会多打粮食。这样的做法，就是庄稼汉经验性的总结，意即“蹲苗”。

柯小海现在的情况，就到了这样的关键时候。

路建民可不能对他“揠苗助长”，所以他对他采取“蹲苗”的方法，让他自己再好好发育发育……这个念头在柯小海没来找路建民前，他是没有设想过的。不仅没有设想过，还措辞着如何去找柯小海，劝说他回村来，接班村子里的事情。他还没有措辞好去找他，他自己倒先找来了。这给了路建民机会，他觉得还有时间，把柯小海这棵好苗蹲一蹲，对柯小海自己，还有索洛湾村，是会有好处的。

张嘴把柯小海送出他家门的路建民，向柯小海说话了。

路建民说：回去代我先问咱们的“革命老干部”好。

路建民说：过两天，我再去看咱们的“革命老干部”。

路建民给柯小海说罢这两句话，他摆手让柯小海走了。他望着柯小海一直走得远了，看不见了，便转身想要回家去，却身不由己地抬了一下头。他看见阴沉沉的夜色，不像前些天那么浓了，阴得很重的天色在一点点地蜕变，云薄了起来，隐隐约约地还能看见高远的夜空，有一颗两颗的星星，灿灿地闪着亮光。

13

想要给担任村支部书记的路建民述说他的愿望，柯小海在心里想了很长时间。今晚他说给他听了，虽然没有得到他正面的回应，但他是已明白了他的用心。所以在告辞了路建民往家里回的路上，柯小海还想着他和路建民说的话，想他没有后退的路，只有前进的路，他为此必须全力以赴，无所畏惧了！

为了今天晚上向路建民说出他的想法，柯小海没少做准备。

远的不说了，譬如他“老革命”的父亲柯雨荣，在索洛湾村做过的事情，一桩一件，成功与否，都将成为索洛湾村的历史记忆。他想说的是张军朝、路建民他们，为索洛湾村呕心沥血的所作所为，真的是太不容易了。

就说路建民吧，他有许多要向他学习的地方呢。对索洛湾村的村集体，他可以说是把心都掏出来给了大家了。这从他的家庭教育上就能看得出来，自身当过人民教师，所以特别注重家庭子女的教育。到 1994 年的时候，他的大儿子、二儿子携手参加中考，大儿子顺利地考上了一所大专院校；二儿子也不差，考上了一所公办中专院校。这样的喜事，索洛湾一村子的人，都为路建民而高兴，而开心，他们家一门“两进士”，深山老林的小村子里，千古未有的大好事啊！

村里的人家听到了，都高高兴兴地到他家来祝贺，可是路建民却喜悦不起来。

路建民喜悦不起来的根本原因，不是他不想自己的儿子们出息，而是他的儿子们出息了，他没有法子供养他们呀！不当家不知柴米贵，当着他们那个穷家的路建民，太知道他们家的钱财，是无法供应两个儿子一起去深造的。哪怕是牙缝里抠，舌尖上刮，也只能勉强让一个儿子走出索洛湾村，到大城市里去上进，留下一个，跟他在索洛湾村苦做苦受了。这让活了半辈子的路建民，难得地唯有搓手求天了……有好几天，他不敢回家，回家了不敢看哥俩努力读书，勤奋学习，双双拿回家来的红色录取通知书，仿佛那红色的录取通知书，就是两纸滴血的催命符！

啊！啊！啊！路建民暗自在心里号叫着，他想，那红色的录取通知书，可不就是他的两个儿子心血的渲染吗！

手心手背都是肉，路建民该怎么办呢？

要两个儿子自己决定吗？他相信儿子们是都想去到大城市读书的，那是个改变命运的机会哩！谁会自愿放弃？路建民想他如果有了那样一个机会，他也是不会轻易放弃的。但现实是残酷的，两个儿子，只能有一个去上学。反复思索，路建民把他的大儿子叫到一边，背过二儿子，来做大儿子的工作了，要他把机会让出来，让给他弟去上学，他则留在村里劳动当农民！

一个村上的支部书记，路建民可以不这么做决定。

路建民只要开口，大家凑钱也行啊！可他就是金口不开，到后来村里人知道了原委，不要他开口，寻上他的家门，拿出家里的积蓄，给他倒手，让他送两个儿子一起去大城市读书，他还是坚决地按照他的决定，不接受村里人的帮助，以他家里的实际情况为原则，只送二儿子去了大城市……这件事别说他大儿子想不通，柯小海知道后就一直想不通。

路建民为什么要这么对待他的大儿子呢？

一直想不通的柯小海，慢慢地想着，到了后来，他是有些想通了。

路建民的心里不能只有他的儿子呀！他还装着索洛湾村的每一个人。他之所以把大儿子拦下来，让他在索洛湾村里，跟他一起参加农业生产劳动，一来要让村里人看着他，他不能自私，不能接受大家的资助；二来想要他的大儿子，在村子里历练历练……唉！唉！唉！前事不好说，后事也难料啊。

然而无论如何，柯小海从这件事上，是把路建民敬佩在心里了。

路建民为了索洛湾村集体的风气，他没有什么遗憾……在他的眼里，还有他的心里，看到的总是村子里人的生活，想着的也是村子里人的生活，大家的生活虽然有所改善，但也只能是个简简单单的温饱。就说与他同在村委会班子里的张军朝吧，他当时就遭遇到了非常大的困难。村里人原来的住房条件都比较差，绝大多数家庭还住在相对原始的窑洞里。那些个窑洞，有一些都不知道是什么年代，什么人挖出来的。总之是都有些年头了，都快成了危窑洞……家庭情况好点的人家，就在后窑前房的院子里，给他们家建了些房子，却也差不多年久失修，千疮百孔，几乎都失去了遮风挡雨、驱寒保暖的功能……张军朝很想改变村里人的这种居住方式，他就努力地创造条件，征得镇上的支持，率先在他们村子开辟的宅基地上，划出他的那一部分，盖起了一座新平房。一家人欢天喜地，按照他们索洛湾村搬家的老规程，给新家的大门上，贴上大红的乔迁对联，盘好了锅，盘好了炕，准备着正要往新家里搬的时候，谁知道哪儿来的火星子，把他倾尽全力，还借了一屁股债的新家，烧了个精光。

欲哭无泪的张军朝，无可奈何地就又住回了危窑洞的老院子。

村里的干部家庭都是这个样子，其他村民家庭就可想而知了。没有哪一家把他们的小日子过得不小心翼翼，平时钻梢林挖刨点中药材，捡拾点山货，积攒起来，能够供家里的孩子上学读书，就不错了。家里如果有谁生个病什么的，小病小灾就靠自己的身子扛了；这么扛着，小病扛成了大病！小灾扛成了大灾！依然还只能是个扛……为此，路建民暗自流过泪，张军朝亦暗自流过泪。

索洛湾村里的这个情况，路建民、张军朝他们是刻在心肝上了！

柯小海之所以去找路建民，向他表示自己的志向，绝不是一时心血来潮，也不是为了争取个什么名分。柯小海是做了充分的观察，也做了充分的准备，才上了路建民的家门，向他表达了自己的心愿。

柯小海观察到路建民、张军朝他们，是已感知到了他们对于发展的形势，从认识上，以及判断上，是有点难以跟得上的。他们急于为村级班子寻找和培养接班的人……柯小海发现，在他来找路建民之前的年份，路建民和张军朝就已多方面发现和培养他们的接班人了。

“是不是党员都无所谓，只要是能带领大家致富，把大家的心劲拧在一起就行。”路建民和张军朝，在那个时期为了找寻培养接班人，把话都说到了这个份儿上了。特别是路建民，他甚至觉得，有些年轻人哪怕有些缺点也行，只要他愿意带着大家往前奔，多数群众同意，就把他推上去干，“是骡子是马，不套进车辕里驾车，谁能知道呢”？

那一届的换届工作，就在路建民和张军朝的这样一种主张下，征得上级的同意，在索洛湾村里实施开了。

14

有条件的年轻人，积极性还是蛮高的，大家跃跃欲试，路建民、张军朝看到了，他俩心里是快乐的，就与他们广泛接触，倾听他们的想法，然后在换届班子会上，相互交换意见。

路建民、张军朝他们把当时有意愿的年轻人，归了归类，发现他们的精神世界，存在三个方面的倾向。其一是人品没有说的，但是愿望不是太强烈，只对过好自己的小日子上心用力。对他们，路建民、张军朝就去主动找他们做工作，以便激活他们对集体事业的热情。其二是自身热情有，能力也有，但他们的家属却活思想严重，怕操心集体的事情多了，影响他们的生活质量。对此，路建民、张军朝不厌其烦，就去做他们家属的工作。其三是自己有愿望，有积极性，而群众却不怎么放心。

可以说那次换届，路建民、张军朝他们为了培养年轻的接班人，是没少费神。最后确定了一个大家基本能够接受的名单，充实进村级班子里来，在他们的身边，一边任用，一边培养了。

当时有句流行的话，叫作“扶上马，送一程”。

怎么“扶上马”？路建民、张军朝他们也是颇费了一些心思。他们提出来，在村委会的班子中，按照需要，多增设了一些干部职位。对此定了一个原则，就是坚决不能增加村民的负担，所以他们实行的是只增加职位，不增加待遇。这也就是说，他们班子中的其他人，就要减少自己的收入了。对此，路建民、张军朝没有意见，别人就也不会有意见。

问题的关键是，“扶上马”的年轻干部，自己怎么作为了。

开始的时候，年轻人的特点表现得还不充分，他们基本都还处于试探和观望阶段，过了些日子，有人倒是大胆，提出来的想法让人匪夷所思，甚至设想把索洛湾村整体承包出去。他们把客商都引进村里来了，结果尘土飞扬的村路，就先把客商吓跑了。这样也好，让大家知道“要想富，先修路”的重要性。但是怎么修，拿啥修，一时又拿不出办法来。因此就还抬出死命令等粗暴的手段来，想要以此管理村民，结果村民不答应，对立情绪迅速升级等等，造成许多问题，不扭转什么也做不到，更做不好。其中有的年轻干部，还没有做出什么来，即在村委会会议上大讲自己的条件待遇，功利心太强了。

但这还不是最让路建民、张军朝头痛的呢！

路建民、张军朝最头痛，也最无法忍受的是，个别年轻干部打着村委会的名义，跑县委、县政府要项目，他们把项目要下来了，却好像不是要给村上的，他自己拿着项目贷款，为的是给自己捞钱。这太可怕了，路建民、张军朝绝不能助长这些年轻干部的私心，那不知会给村里带来怎么的灾难？他俩迅速召集村党支部会议，对这样的年轻干部予以撤职。

年轻人犯点工作上的错误是可以的，哪怕是个性上的错误，也可以原谅。只要他们认识到了，能够改正就好。但对目的不纯，利欲熏心的人，就绝对不能宽容，这是党的基本路线的原则问题，而且还关系到党组织在群众中的威信。路建民、张军朝都是党组织多年帮助培养起来的基层干部，他们的基本素养和个人品质是非常过硬的，他们不能允许年轻干部胡作非为，那么坚决地处理掉有问题的年轻干部，既是对他们的教育和帮助，也是对村集体事业的负责，避免了不必要的损失。

然而问题还在一个劲儿地出。

路建民、张军朝他们村里的老干部，把集体的钱，一分一厘看得都很重要，而在个别年轻干部看来，那就是他们嘴边的菜，大吃大喝，把费用一分不少地都算在村委会的账上。村委会的账上没有钱，他们也不管，还要欠账下来，保证他们能大吃大喝。群众反映特别强烈，你去追问，他却还说得头头是道……面对这样那样的问题，再有耐心的人，都会失去耐心！

路建民灰心不已，张军朝懊恼不已。

两位热爱村集体，一心为了村集体的人，把心是凉到家了。

路建民追问他俩：这是怎么了？哪儿出了问题？

张军朝也在追问他俩：方向错了吗？办法不对吗？

路建民和张军朝追问到后来，俩人不无痛心地感慨：索洛湾村还有希望吗？

15

村里发生的这些状况，柯小海当时年龄尚小，并且还在外边跑他的事业，但他是都知道的。

柯小海因此也如路建民、张军朝一样着急感慨。这个时候的柯小海，在他跑着自己生意的间隙，总爱抱着作家路遥的长篇小说《平凡的世界》来看。路遥之于他们陕北人，仿佛一种精神上的向导，他们都喜爱阅读他的书，并把阅读他的文学作品，当作了自己的一种日常。柯小海阅读着路遥的《平凡的世界》，一边阅读，一边与他们索洛湾村的实际相对照，他发现书中有句话，说得真是太对了。柯小海牢牢地记下了那句话：

“首先要自强自立，勇敢地面对我们不熟悉的世界，不要怕苦难！如果能够深刻理解苦难，苦难就会给人带来崇高感。”

柯小海阅读到路遥《平凡的世界》里这句时，他是拍案而起的。柯小海以为路遥的这段话，干脆就是瞄着他给他说的哩！多日来他回味着路遥说过的这句话，一个字、一个字的，仿佛理想的种子一般，播种在了他的心里，扎根发芽，只觉他不能只顾跑自己的生意，而不顾及村里的发展。

柯小海想他在自己的成长过程中，虽然吃了许多苦，受了许多难。但谁在生活中不经受苦难，而能够随随便便成就自己？并获得自己想要的崇高感呢！他敬爱的大伯柯玉斌和父亲柯雨荣，还有他尊敬的路建民、张军朝等索洛湾村的人，他们谁不是从苦难中成长起来的。在自己的内心建立起这样一个目标，并且通过他不断耳闻，听说了村里的许多事情，他更坚定了自己的决心，一方面在外增长着自己的见识，增加着自己的胆识，一方面等待着机会，回村来，全心全意地为村民们服务了。

柯小海给村支书路建民已经表露了他的心声，他因此还很好地总结了路建民和张军朝两位老前辈的经验得失。

老实说，柯小海是很尊敬这两位老前辈的。他俩精神气质纯洁，为人正派耿直，很少私心杂念。譬如路建民，作为村支部书记的他，始终沿袭着前辈支书，也就是柯小海的老父亲，村里人眼里的“革命老干部”柯雨荣的好作风，大事小事，他都担在肩上，一丝不苟地来处理。便是人常说的“清官难断家务事”，他也绝不回避，人家找到他跟前了，他就一定要当好他那个“清官”的角色，为他们处理家庭矛盾，什么赡养老人啦，什么孩子求学啦，什么夫妻怄气啦，以及困难帮扶、婚丧嫁娶的一切事务，他都不辞辛苦，不畏辛劳，尽心尽意地为村民操心劳累……某种意义上来说，一个村子里的干部，是支书也罢，是村长也行，这没有什么好辩驳的，那是乡村人始终怀抱的一个基本事态。

在这个基本事态的背后，谁又能说他们不该担起一个乡村社会中，千百年一以贯之的责任，即一个村庄里“族长”的义务？

在路建民和张军朝的努力下，为了很好地服务索洛湾村村民，他们早在上世纪的九十年代，即在村上相继成立了“村民调解委员会”“红白喜事理事会”等村级社会组织。这样的社会组织，是党组织在乡村生活中的一种延伸，能够更好地服务于村民生活。村支书路建民当仁不让，在索洛湾村的“村民调解委员会”与“红白喜事理事会”里，起着举足轻重的作用，邻里之间摩擦、夫妻之间争吵，他不会躲，而是见人争吵就赶上去，为大家排忧解难，是大家尊敬的“和事佬”；你家里遇着了丧葬事，他家里赶上了迎娶事，路建民你去请了他来，没请他亦来，又是村里人敬重的“大管家”。

索洛湾村的传统如此，村干部就是顶梁柱，任何时候，任何情况下，都要急群众所急，都要想群众所想才对。

路建民、张军朝在培养任用年轻干部问题上，遭遇到几乎难以破解的难题面前，柯小海主动找上门来给路建民说了。路建民高兴哩，他与张军朝很好地沟通了一下，即以村党支部的名义，把柯小海进入换届班子的建议，报告给了双龙镇党委。

双龙镇党委原则上确定下来，交给他们拿到村民大会上来，让村民投票选举。

这是 1998 年冬季的一个晴朗的天，索洛湾村村民以每人一票的方式，选举柯小海担负起了索洛湾村二组组长的责任。

柯小海知道，这是他接班索洛湾村的第一步。今后的日子还长，他必须扎扎实实走好每一步，绝不辜负索洛湾村村民对他的期望，还有他们的梦想……

第四章

少年老成磨砺中

16

人在关键的时候，把自己逼一逼倒是有些益处哩。

与柯小海交流，他说话不多，但你如果仔细听、认真听，常会听出一句两句使人振聋发聩的话语来。在索洛湾村采访柯小海，那天清晨起来，我与他约好，要钻一钻梢林。他没有失约，与我在村办的小食店吃过早餐，就钻进深沟里去了。我是想走走他当年在梢林里钻进钻出的道路，体会一下那样的一种野趣。老实说，野趣虽然迷人，但的确不是好钻的。不过收获倒也不错，在梢林里钻了一小会儿，因为有他带路，我们既捡到了野生的木耳，还采摘到了野生的蘑菇，我俩兴致很高地还要往梢林深处钻，却猛然从柯小海的嘴里，听到他说了那样一句话。我站住不动了，说我要把他说的这句话记下来。我身上没有带笔，也没有带纸，我带着的是我的手机，我就站在密密的梢林里，在我手机上记录下了他说出的这句话。

我在书写关于他的报告文学时，写到这一章，把他说过的那句话，拿出来很快意地摆在起头，心里感到特有力量。

因为我在索洛湾村见到了我要采访的人们后，听到大家对柯小海的评论，很少有人不说他“少年老成”。结合他在这个清晨，给我说的这句话，我不能不说，他的“少年老成”可不都是“磨砺”中得来的嘛。

常常要钻梢林的柯小海，在梢林里所遭受的磨砺，我在前边已经写了不少。我接下来是要写他另外的一些磨砺了，那是梢林磨砺的一种升级版……柯小海的人生，豪迈地走出了索洛湾村，进入到双龙镇的中学，成为一个体面的中学生了。他升到中学读书的日子，一直在索洛湾村党支部书记位置上的父亲——柯雨荣，认识到了新时代的变化，他的一些老观念、老思想，是跟不上时代的发展了，就自觉辞去村支部书记的职务，回家来做起了一个老实的庄稼汉。

村里的“革命老干部”柯雨荣之所以自觉回到家里来，是他看见实现了承包责任制后，村里有些人是富裕起来了。在这个小山村里，个别人的富裕，在村里引起的反应，并不是大家多么向往他，而是一种疏远，大家的情感就那么莫名其妙地冷着淡着，冷淡到见了面都不怎么说话了。

“以穷为荣”，是一个时期乡村干部的标准。

柯小海的父亲柯雨荣做着他们索洛湾村支部书记的时候，全程就是这个样子。然而时代在进步，生活在发展，还能那么看待乡村干部吗？显然是不能了。

穷不是乡村人的目标。

富裕更不是乡村人的错。

乡村干部自然要跟上这种进步和这样的发展。可是进步着、发展着，一切还都只是一个开始，却又造成这样的结果，任谁都无法琢磨清楚，索洛湾村接下来该怎么前进。

村里人面对穷富，看见了各自的差距，但不能因为差距，而变成矛盾啊！老死不相往来的矛盾，这是非常要不得的呢。都在一个村里生活，低头不见抬头见，前世无仇，今世无怨，咋能因为政策的进步，使一部分人先富起来，而造成村里这样一种局面……柯小海是个初中生，他看着索洛湾村发生着这样的变化，又看着他的老父亲柯雨荣，无奈退出他干了数十年村支部书记的位置，唉声叹气地回到家里时，他离开了索洛湾村，住宿在了双龙镇中学里，读着他爱读的中学课程。

不过柯小海是要经常回索洛湾村来的，回来背面背馍，这是住宿中学生的另一种课程，不管路近路远，不回家背面背馍，就没有吃的喝的……其实，柯小海的二哥一家就在双龙镇上居住，他是大可以借住在哥嫂家里的，那样他就能省许多事。一母同胞，柯小海他们兄弟从来都很亲，他光光彩彩地考上了镇中学，二哥二嫂为他也高兴哩，也乐意他住在他们镇子上的家里。柯小海一开始，没有客气，老实地就在哥嫂家里住下来了。但他住了几日，发现作为镇子上一个煤矿工人的哥与嫂，家里的地方太局促了，他的到来，造成许多不便，既给哥与嫂带来生活上的麻烦，还给哥与嫂带来经济上的负担。

自尊心极强的柯小海，可是不能难为他的哥与嫂的。

近二十里的山路，上到梁顶，下到沟底，就这么一周一个来回，背面十五斤，咸菜疙瘩一小罐，估摸着在一周时间里，可是不敢放开肚皮想要咋吃就咋吃，匀着来，才不至于饿肚子……但这仅是个粮食问题，还有灶费、班费等问题哩，柯小海是非要拿出真金白银来才行。

柯小海拿不出来，他想过跟哥与嫂张口伸手讨点儿，哥与嫂也不会不给。但那就不是柯小海了，小小年纪的他，张不开那口，伸不出那手，他就自己想办法了。

柯小海想出来的办法就是，给谁也不说，自觉主动地帮助学校的灶上打水、烧锅、洗锅……打水、烧锅必须起早才行，全中学校园里的窗户，都还是一片黑的时候，柯小海就要悄悄地从他睡觉的铺位上爬起来，然后又悄悄地摸黑去到伙房，一趟一趟地打水，把那口大得惊人的黑锅倒满，再在锅底下生火，先是木柴棒子火，烧着了，烧旺了，再往木柴棒子火上架煤炭，赶在学校的老师、同学起床来，撵着火房，顺手就有烧开了的水用……洗锅更是麻烦事，早晨一顿饭，中午一顿饭，天黑了一顿饭，烧饭的厨师每做一顿饭，都会有一顿饭的新鲜，而洗锅就没有新鲜感了，有的只是重复的劳作！

柯小海在叙述他中学时的这些经历时，我是有同感的。

因为我在年少的时候，就也那么自觉自愿地做过。现在回想起来，常常觉得自己真有耐心，可以那么不怕麻烦……柯小海就这么给伙房帮着忙，勉强维持着他在中学里的生活开销。他努力求学，想着可以一直地学习下来，高中、大学地上。

他的这个想法太奢侈了，养育了他们九个儿子、女儿的母亲，终于扛不住地病倒了。

17

母亲病倒后，家里如同塌了半边天，柯小海在中学学习一周，往返近四十里路，回到家里来，就要像个小大人一样，把母亲原来在家操心做的事情，轮着一桩一件地做了。做好了家里琐琐碎碎的那些事，他才能赶去学校，读他的中学课程……三年的初中课程，就这么艰艰难难地读了出来，柯小海高分拿到了初中毕业证。

在柯小海拿到毕业证的那一刻，他很清楚地知道，他深情向往的读书生活，愿意不愿意，甘心不甘心，就此便画上了句号。

病了几年的母亲，这个时候泡在柯小海兄弟姐妹的眼泪里，撒手人寰。

悲悲戚戚地送埋着母亲，柯小海想到的还是母亲对他的教导。便是已经病得很重了，柯小海把他抓时间挖刨回家的中药材，还有捡拾回来的木耳、蘑菇，晒干了捎带背着到双龙镇交售，母亲背过他，也还要悄悄地过一过秤。当时柯小海并不知道，是母亲弥留之际给他说了的。母亲说她能够放心地走了，她一次一次地测验过柯小海了，是个诚实厚道的娃娃，每一回让他交售山货，她给他的是多少，他回来给她报的账就是多少，从来没有亏欠过。

母亲说：老天张着眼睛哩，他不会亏待诚实人！

母亲就是在给柯小海说了这最后一句话后，一脸的平静，安安生生地倒头走了的。

柯小海把母亲的话牢牢地记在了心里，他没有跟父亲柯雨荣商量，就自作主张留在了家里，与已经非常年老的父亲一起过日子。原来有村集体在，老父亲尽管因为革命手残疾了，家里的事情，特别是责任田，到了播种或是收获的时节，自有村里人帮忙来做。现在实行了承包责任制，还能一直指望大家放着自己的活儿不干，给咱来帮忙吗？

柯小海以为他长大了，不好意思再麻烦村里人了。

没有什么好商量的，柯小海自觉担起了家庭的重任。

老父亲柯雨荣看他的小儿子是块材料，他不忍心断了柯小海的求学路，还在家里指责了他。

父亲说了：你不上学了，不后悔吗？

父亲说得严肃极了：我不忍心你窝在家里，耽搁了你的前程。

柯小海跟父亲信心饱满地说：爸你别担心，我会有我的前程哩！

柯小海说：过些时候，我就像您老人家一样，也做个咱们索洛湾村大家信任的好干部。

与老父亲柯雨荣的这次对话，柯小海深深地记在了他的心里。过去了许多年，他再给我说起当时的情景，依然记忆犹新，如在当下。他说老父亲明显觉得他个十来岁的小娃娃，说话是冒失了，甚至有些狂妄。因此，老父亲带着无限痛爱，又带着满怀的赏识，还带着不尽的担心，询问他了。

老父亲柯雨荣说：你小子有志气，给我说说，你凭什么能耐当村干部？

柯小海张嘴要给老父亲柯雨荣说他的理想呢，但老父亲在他开口前，就又说上他了。

老父亲柯雨荣说：你老子我当了一辈子村干部，下场是个啥？

柯小海听得懂老父亲的话外音，不过他是还想进一步给老父亲说说他的想法的。可是老父亲依然没有让他顺顺溜溜说出来。

老父亲柯雨荣说：你小子眼睛看不见吗？

柯小海要给老父亲柯雨荣说的话，被老父亲一而再，再而三地质疑，彻底地堵在嘴里说不出来了。柯小海嘴上不与老父亲说了，这是因为他听懂了老父亲的话，感谢老父亲的话，只觉老父亲一生教育他要积极向上，要敢想敢干，有所作为，他这么说他，不是对他没有信心，而是还在考验他，或者说是在用激将法，刺激他，让他既然有此决心，就不能不多些考虑，就不能不多些磨砺，要树立起长久的思想观念，才可能有他实现抱负的一天！

知子莫若父，老父亲柯雨荣把柯小海是往梁山上逼呢！

老父亲柯雨荣的这一逼，逼出了柯小海的血性，他把怀揣在内心的理想，暂时地压制下来，按照老父亲柯雨荣对他的期望，满心悲伤、满怀沉痛，背对了最难舍弃的学校生活，以其年少单薄的身躯，投入到他所追求的一个全新的生活中……我甚至想象，他告别苦涩的少年时的样子，该是一种怎么样的壮烈！

柯小海是无畏的，更是坚毅的，他勇敢地走过来了。

经二哥介绍，他首先如二哥一样，走进煤矿做了个掏炭的煤黑子。那样的一份工作，大家看多了电影、电视剧，其中的画面任谁都看到过，人在深深的煤窑底下，就不像个人，一个一个都如钻在地底下的大老鼠一般，全身上下，除了眼睛里没有煤灰粉，别的地方就都黑乌乌的，叫他们煤黑子，一点都不辱没他们……柯小海头一次下煤窑，尽管他做了充分的精神准备和完全的思想准备，可当他坐在一个下煤井的罐笼里，在卷扬机咔啦啦、咔啦啦的啸叫声里，过去了半天时间下到井底，还是感受到了一种心慌。他心慌着然后又从一道斜斜的坡道，往掌子面走，每人头顶一盏暗昏昏的矿灯，明明灭灭在矿洞里，他随在人后，一点一点地走，总要被脚下的煤块儿绊一下，有好几次把他绊得差点摔倒在矿洞里……这一年，柯小海才刚十五岁！

18

十五岁初到煤矿上的柯小海，先在煤窑的井口上熟悉了几天。

柯小海完全可以继续他在煤窑井口上工作的，他那么小，煤矿上的老板不忍心派他下煤井的。可他在煤井上做了几天，却主动向煤矿老板申请，要下到煤井去。老板好心地劝了他几句，但柯小海主意已定，老板就准许了他的申请，把他派下了煤井……柯小海之所以坚持下煤井，是因为下到煤井里，他的收入才能上来。

下到煤井里，是要有点儿技术的。柯小海这个时候，只有一腔热情，所以他下到煤井里，就只有安排他去干推煤车的差事了。

推煤车是个力气活儿，偏偏柯小海是个不知惜力的人。他下到煤井里，一个班干下来十多个小时。为了多赚钱，柯小海小小年纪，把生死几乎都置之度外。老板是个不错的人，他把玩命干活儿的柯小海看在眼里，心疼着他，就还找他谈话，劝说他上到煤井上来。

老板说：你还是个娃娃，煤井下是有危险的！

柯小海懂得老板心疼他，但他没听老板的劝说，他坚持在井下推煤车……与柯小海说起他的这一段经历，我是也为他心疼了。可他说起来，一点都不以为意，好像还有那么点儿自得。

柯小海给我说：走出学校的大门，我就是个男人了。

现在的柯小海，站在我的面前给说那些话，使我想象那个时候的他，可不就是个铁骨铮铮的好汉子嘛！

不低头。不服输。不退缩。

在我记忆的词汇里，与柯小海说着话时，那些个硬硬邦邦的词儿，像是一个一个的砖块，蹦出来了。我以为这几个词，几乎可以贯穿柯小海这些年来走过的每一步。性格如此，在事业面前，什么艰难困苦，什么危难险阻，都奈何不了他的竭尽全力，还有他的不遗余力。

煤井下推了三个月的煤车，使柯小海充分感受到了人间的疾苦，不只是身体上的，还有精神上的。有人忍受不了疾苦，当了疾苦的逃兵，那他就把疾苦白受了。唯有受得了疾苦的人，以疾苦为乐，视疾苦为人生的垫脚石，他就没有白受苦，而是做了“苦”的主人。

柯小海给我述说着他在煤窑上的经历，我不由自主地总要想起孙少平。那个路遥在他的长篇小说《平凡的世界》里塑造的人物，有着柯小海一样的经历。

孙少平差不多也是在柯小海的这个年纪，背井离乡，无可奈何地下了煤窑……我把我对于孙少平的认识，告诉了柯小海，他一听，当下笑了起来，是一种会心的笑哩！

柯小海说了，说他在下煤窑的时候，还没有阅读过《平凡的世界》。他是后来读了这部写到人心头上的作品后，才知道有个叫孙少平的人，与他是那么气息相通……柯小海说他太喜欢孙少平了。

因为喜欢，柯小海还把孙少平经历过煤窑生活后的一句感慨，牢牢地记了下来，在我与他讨论孙少平时，他很有感触地朗诵了出来：

“活着，就要时刻准备承受苦难！”

那位包工头的老板正是看准了柯小海的这一点，到他承包期满了后，要转移到另一个地方去，他没有想带别人，而是真诚地来做柯小海的工作了。

老板说：小海呀，你是个人才哩。

老板说：咱俩一起做吧，我走到哪里，你跟我到哪里好吗？

老板说：我不会亏待你。

在老板找柯小海说这些话的时候，他们结束了这家煤矿上的合同，大家在一起搞会餐，大碗的肉和菜，还有酒。柯小海在此之前，很少沾酒。他那天喝酒了，喝着酒听老板给说了那一通话，他是很感激老板的，也想与老板一起再走下来。但是索洛湾村的家里捎来了话，他亲爱的老父亲柯雨荣生病了！

柯小海是个大孝子，索洛湾村人都是这么说他的。

听闻老父亲柯雨荣生病了的消息，柯小海婉拒了那位老板的邀请，他立即赶回家里来，守在老父亲的身边，端吃端喝，接屎倒尿……无微不至地照管着老父亲，不让他受一点难肠。这是柯小海与老父亲相处最亲密，也最长久的一段时间，在此段时间里，他才真切地感受到一位“老革命”的情怀，是他永远都要装在心里学习的呢！

二嫂因为是双龙镇政府的一名干部，她让柯小海的二哥捎话回来，要他去镇子上的板条厂当工人。对于二嫂的这一份关心，柯小海是非常感激的。因为二嫂捎话给他的时候，是这样说的，说他下煤窑让人太不放心了！板条厂的工作，从环境上，还有待遇上，都比下煤窑要好一些。

柯小海领了二嫂的情，他去镇子上的板条厂上工去了。

在镇子上的板条厂上工，环境待遇虽然好了点，却也还是临时工。但这已经使柯小海很满足了，原因是，他在板条厂上工，可以不离开镇子上，说干就干，方便他往来于镇子和索洛湾村之间，照顾他大病初愈的老父亲。

与老父亲柯雨荣相濡以沫的母亲不在了，手有残疾的老父亲，没有柯小海的照顾可是不行。

在板条厂上了一段工的柯小海，真的是爱上这里了。

工厂的规模不大，是镇政府为了适应市场经济的需要，而开办的乡镇企业，包括管理人员在内，也就二十来个人，主要生产木地板。这很符合双龙镇的实际，他们处在一片非常大的林区里，看见林子里有部分树木逐渐老化，可以适当砍伐更新，依据相关规定，便向有关部门申请，获得支持后，即确定了循环利用的办厂方针，开办了这家板条厂，想要以此闯出一条适宜山区经济发展的路子。

在板条厂里，柯小海的业务是负责收购和卸载木料，这是个需要认真对待的事情，来不得半点马虎。木材的质量，决定着板条的质量，从小钻在梢林里的柯小海，虽然认识许多木材品种，但要把好木材进厂关，他还是老实地虚心从头学来。

好学的柯小海，异常珍惜这样的学习机会。他认为这是他做好这项工作的基础，所以就从木材的性能，还有木材的质地，以及木材的花纹，一点一点地抠，很快地就适应了这项工作。在他的严格把关下，板条厂进来的木材，没有一根是不合格的……把自己的本职工作干得顺风顺水的柯小海，有了足够的时间，往返于双龙镇和他们索洛湾村之间，照顾他的老父亲。

柯小海最怕老父亲孤独，他因此刚有条件，就买了一辆半新不旧的自行车，清早起来，给在家的老父亲做好早晨吃的，还有中午吃的，到下午下了班，立即骑上自行车，就往家里赶，赶回家来给老父亲做晚饭吃。

父亲柯雨荣老了，是需要柯小海像老父亲在他小时候照顾他一样，现在来照顾老父亲了。人生轮回转，谁能免得了这个轮回呢！

孝顺的柯小海，把他每月领到手里的工资，一分不少地都要交到父亲的手上。柯小海记得十分清楚，他把工资交给老父亲时，父亲脸上的那种幸福感，让他忍不住想哭……父亲对他这个小儿子是越来越期待了，而他也把决心下得更大更深了！

19

在板条厂这个相对轻松的环境里，柯小海的性格也变得不再像以往那么苦闷了。他变得既乐观，又开朗，什么辍学，什么母亡，一切一切的不快，都像围绕着他的雾霾一样，渐渐地消散着，他以一种积极的态度，开始面对人生，与人交往成了他的最爱。他喜欢与他一起工作的每一个人，卸料的农民工，打扫卫生的阿姨，车间里的技术工人，柯小海对他们全都非常尊重，而他们大家也都特别愿意与他相来往。

心地善良的柯小海，交往的人越多，他内心的天地就越广。

就在这个时候，柯小海生命中的贵人老冯，与他成了好朋友。

在林场有着固定工作的老冯，兢兢业业，是个大家公认的大好人。但他也有个小毛病，就是非常好酒，自然也好吃。老冯是个林业通，板条厂需要他来做业务上的指导，接待老冯，很自然地就成了柯小海的责任。他俩把工作上的事情搞明白了，老冯就从他身上摸出一把零碎的毛票子，往柯小海手上一塞，也不问多不多，少不少，只让柯小海拿着去到随便什么地方，给他弄一只鸡炖了吃。柯小海没有嫌弃过老冯的“奢侈”，他在给老冯买了鸡以后，有余钱了，就给他打点酒来喝；没余钱了，就贴赔上自己的钱，给他打酒喝……为此，熟悉情况的工友说柯小海了。说你那点儿工钱，贴赔得起老冯的酒嘴吗？柯小海懂得大家伙儿对他的关爱，但他想，自己刚来板条厂时，都是老冯带着他，手把手，眼对眼，教给了他多少木材知识呀！

一日为师，终身为父。

柯小海在家里时，把老冯教他的事情，一五一十地说给了老父亲听。老父亲没说别的话，就只给他讲了这样一句话。柯小海把这句话死死地记在了心里，他甘愿贴赔自己微薄的工钱，给老冯买酒喝。所以再还有人说他憨，不该贴赔自己的工钱时，他都淡淡地笑一下，我行我素，不为所动。

知恩感恩的柯小海，每逢这个时候，还会想起母亲常常教诲他的一句话。

母亲说过：自己吃亏吃不穷，别人吃亏没朋友。

板条厂的生活锻炼，使柯小海的认识经历得到了进一步的提升。然而，他给予极大希望的板条厂，却因为技术的落后，以及销售的滞后，经营了一年多的时间，便停产了。

板条厂的停产，就是柯小海的失业。

下一步的路，该怎么走呢？再次回到索洛湾村家里的柯小海，想了很多。他很自然地想起倒闭了的板条厂，以为不能那么简单地倒闭掉就算了，而应该好好地总结一下。这样的总结，可能没有多大用处，但对自己来说，可是一个经验的积累哩。柯小海总结了，他不认为板条厂的地板条材质不好，而是没有打出自己的品牌，再就是销售机制有问题，死板了些，不够灵活。他们板条厂如能像人家在市场上叫得响的品牌企业一样，坚持几年，树立品牌意识，说不定也会走出一条坦途的……遗憾的是没有如果，市场就是市场，就是这么残酷，容不得半点儿疏忽。

金色的秋天，就那么迅速地逼到了柯小海的眼前。

柯小海种植在责任田的庄稼成熟了，他像索洛湾村的所有人一样，没黑没明地把庄稼地里的玉米、水稻、杂粮都收获了回来。柯小海家的院子里，亦像其他庄稼人的院子一般，黄灿灿地也都挂满了玉米棒子，白晃晃地也晒满了稻谷和杂粮……吃喝是没啥好愁的了。身子懒点儿的人，就等着歇下来猫冬了。然而柯小海不能，他自己四处打问，还托人寻找可以干的事情。但他打问了半个月，却没有一丝音讯。

这怪不得自己，也怪不得别人。因为柯小海有一个先决条件，就是打工的地方不能远了，他离不开老父亲，老父亲也离不开他，照管好老父亲是他这个时候最不能忽视的责任。

等待，只有等待……等待能有一个他做的活儿。

双龙镇林场在索洛湾村附近的胶沟进行计划性采伐作业，需要一批上山伐木和跟随车辆装卸的人。柯小海没有干过这样的活儿，但他听人说了，那是一份力气活儿，而且十分危险，没有十二分的干劲，就不敢扛着斧头上山，更别说去装卸木材了！因此，消息在索洛湾村里转悠了几天，却没有几个人愿意去。村里的人忙累了一年，图的就是冬天里的安逸，谁会不要命地去冒那个险呢。柯小海没有多想，他毅然决然地去了。

去的时候，柯小海给老父亲都没有说，他怕老父亲疼爱他，不答应他去。

一个人孤独地走进了胶沟，去到那熟悉的梢林里，柯小海找到了林场里的负责人，向他述说了自己的愿望，希望在这里能有他的一份活儿干。负责人急着需要有人干活儿，可他把柯小海看了一眼，就客气地拒绝了他。不能说负责人不好，他看见站在他面前的柯小海，十六七岁的样子，心疼他拿不下伐木装卸车辆的苦活儿。

负责人问柯小海：你到山里来，家里大人知道吗？

负责人说：家里大人不给你负责，我可是要给你负责呢！

柯小海没有等负责人把话说完，看见脚边刚好一根粗粗的木料，就弯腰下去，也不要谁帮忙，自己就把那根木料扛了起来。

即便这样了，负责人还是没有把柯小海留下来。

乘兴而来，败兴而归的柯小海，蔫头耷脑地退出了胶沟。在进胶沟的时候，柯小海腿上都是劲，退出来了，他觉得像谁抽了他腿上的筋似的，软在沟口上，心不甘、情不愿地歇了下来。

转机恰恰就在柯小海的这一歇里出现了，远远地走来了他熟悉的老冯。

柯小海不禁叫了起来：老冯！

老冯走到了柯小海的跟前，听见了他的叫声，却只"哼"了一声，并没有要搭理他。柯小海都要失望了，却见老冯向前走了几步，突然回过头来，问他等在这里干什么？柯小海不敢大意，他赶忙走向老冯，把自己在伐木场的际遇说了一遍。

老冯笑了，他说：你这些天想我了吗？

老冯说：你不想我，我可是想你了呢！

柯小海的脸儿红了红，他给老冯点着头，说他是想过老冯了呢。他想老冯会给他操心帮忙哩，这不是吗？在他走投无路时，不就把老冯给遇上了。

老冯突然脸一沉，说：抬木头吗？

老冯说：你让我要为你担心了呢！

柯小海听得懂老冯的话，他跟在老冯的身后，一路上没再说什么，就那么默默地走，又走回到柯小海来过的伐木场，见着了那位负责人。

老冯太直率了，他对那负责人也不客气，直接说了这样两句话。

老冯说：就让娃娃留下来。

老冯说：有啥事情，我担着。

20

柯小海因此留在了伐木场。

不过柯小海能看见别人异样的目光，以为他是靠老冯的关系来的，这可是不好。柯小海必须以自己的实际行动，消除别人的看法。因为那不是他为人做事的风格，所以在伐木场，他时时处处，做什么都要做得好，做出个样来，做得别人没有闲话可说。

像老冯担心的那样，伐木场的活儿的确是累！

在板条厂时，柯小海主管木材收购，活儿十分轻松。这里就不行了，不是上山伐木，就是抬木料装卸车辆，哪一项活儿都是要拼了命地干，才能干得来的。起初的时候，柯小海缺乏伐木的经验，还不能派他上山去伐木，所以他就只有等在储木场里，做个装卸木料的装卸工了。刚刚走进储木场，来上一辆汽车，大家蜂拥而上，两两成对，一人把着木材的一个头，“嗨”地喊上一声，就能把一根木料抬起来装上车。柯小海不仅年龄小，个头儿也小，因此就没有人愿意与他结对。对此，柯小海感觉到了委屈，但他能有什么办法呢？一点办法都没有，他就只有一个人扛了。湿重湿重的一根木头，两个人抬，都已经非常吃力了，他一个人扛，自然就更费劲儿，往往是一头重，一头轻，前后失衡，吃力不均，就更要费劲儿了。头一天干下来，柯小海躺在简陋的工棚里，浑身像散了架一样，一动都动不了……动不了也得动呀！老父亲柯雨荣还等在家里呢，强撑住散了架的身体，柯小海摇摇晃晃地站起来，赶着夜路回了家，在家里昏暗的灯光下，老父亲看见了柯小海手上、胳膊上的伤口，还有他红肿了的肩膀头，心痛得劝说起了柯小海，要他可是不敢玩命，那样沉重的活儿，咱不干了。

老父亲说：家里又不是揭不开锅，没口吃的。

老父亲说：爸要我娃旺旺实实地活人哩。

柯小海安慰着心疼他的老父亲，说一个人呀，吃不得苦中苦，哪里做得了人上人！

老父亲不是愚钝的人，他含泪不再劝说柯小海了。

来日清早，柯小海起身洗了一把脸，把老父亲的早饭、中饭收拾停当，先把早饭端给老父亲，看着老父亲吃罢，再把中饭温在锅里，就又扭头钻进胶沟里去了。

柯小海是最先一个到达胶沟的人，与他在胶沟里装卸木料的民工，陆陆续续地来，他们看见早来的柯小海，都似乎有种隔世的迷离。因为他们头一天见识到的柯小海，没有找见伴儿，就他一个人往汽车上扛木料，想他应该是扛坏了，不会再来了！谁承想，他竟然抢在大家的前面，最先来到储木场，这让他们就都对他无不刮目相看，你走到柯小海的身边，伸手把他拍一巴掌，他走到柯小海的身边，举拳把他捅一拳头……柯小海真切地感受到大家对他的认可。而他早晨来的时候，还特意带来了两大暖壶的开水，就热情地招呼大家，谁早起只顾上了吃，没顾上喝，他带来了，随便喝，喝了咱们好干活儿。

柯小海的坚毅，还有他的细心，彻底打动了与他一起在储木场装卸木材的民工们，大家再也没人嫌弃他身体单薄，都又开始争着抢着与他一起抬木头了。

不论怎么说，装卸木材都是个要命的苦重活儿。

与柯小海在胶沟储木场一起干活的民工，有许多人就受不了这样的苦累，干上一半个月，就打了退堂鼓，回家猫冬去了。在家里，打打麻将，吹吹牛，该是多么开心快意的事情呀！他们也劝柯小海了，让他别一条道往黑里走，手头挣下两个钱儿了，就收手算咧，别不小心，把自己交待给了胶沟！柯小海没有听他们的劝，他坚持留在胶沟，累就累吧，苦就苦吧……半年的时间过去了，柯小海的手里就也踏踏实实地落下来一笔钱。

有了这笔钱做基础，柯小海回家来，与老父亲柯雨荣商量，说他在储木场看到拉运木材的汽车，赚钱要快得多。

柯小海说：咱也买一辆车吧。

柯小海的建议，虽然超出了老父亲柯雨荣的想象，但通过柯小海近些时日的表现，老父亲对柯小海有了充分的信心。他没有阻拦柯小海，而是大方地撂给了柯小海一句话。

老父亲柯雨荣说：你自己看着办吧。

有了老父亲柯雨荣的这句话做基础，柯小海没有什么顾虑了。他把胶沟做装卸的工作干干脆脆地辞掉，当即找到一位开汽车的朋友，向他虚心学习驾驶技术。因为他的好学、会学，不多时间，就顺顺利利地拿到了驾照。下来就是选购车辆了，但他手里的钱是不够的，老父亲就把平日的积攒，都拿出来交给了柯小海。然而还是不够，老父亲就出面叫回了柯小海的哥哥们，要他们也都凑一点钱来，算是柯小海的借账，这便凑足了七千五百元的现金，柯小海拿着去了县城，买回了一辆二手车。

凭着这辆二手车，柯小海轰轰烈烈地搞起了他的运输业。

四年的运输生意，柯小海凭借他诚实守信，广结朋友的秉性，使他成为索洛湾村“先富起来的人”了。那时他的资产积累到了三十余万元，这在当时来说，差不多可算是个非常吓人的数字了呢！知道他的人，没有不羡慕的，而他只管在他的运输业上大踏步地前进，他距离“百万富翁”也就是个三两年的工夫。可是他心里的那一份乡里之情，让他愈是富裕，愈是浓烈。

柯小海不想只是富他一个人，他要索洛湾村的乡亲们都富裕起来，才是他心中的梦想。

柯小海想到做到，他毅然决然地回索洛湾村来了。

第五章

在教训的基础上

21

失败是成功之母！有人是这么说来的。

不过有人说了，苦难更是成功之母。而柯小海在他的生活实践中，对他人的这样一些说法是很赞成的，但他想要再加上一句，那就是教训，深刻的生产、生活教训，可也是成功之母呢！

索洛湾村的换届选举，把二十二岁的柯小海选进了村级领导班子。

柯小海要带领大家摆脱贫困，向小康生活迈进，不是他在选举会上给大家表个态那么容易，他得拿出实际行动来。然而担子是压在他的肩膀上了，今后怎么发展，往什么地方走，他是需要认真思考的。关键的时候，他几年来的生活磨砺提醒着他，也帮助着他，要他不能操之过急，而应该很好地总结过去，把问题找出来，吸取以往的教训，才能找准目标，发现路子，开始他的行动。

虽然在外跑了几年，但柯小海的目光从来没有离开过索洛湾村。

柯小海知道前辈的张军朝、路建民他们为了索洛湾村的发展，是都做了他们的努力的。有贡献，也有教训，譬如村集体饲养牛群的那件事情吧，就很值得柯小海总结。张军朝为了村集体的经济发展，他把他的想法反映给了镇政府，镇政府又反映给了县里边。到了 1992 年，县里把解决索洛湾村贫困的问题提到了议事日程上，根据村民们的要求和村里的实际情况，决定由县畜牧局牵头，进入索洛湾村，双方议定，由县畜牧局给项目以资金支持，村集体加农户，入股饲养肉牛。

对于索洛湾村人来说，轻车熟路，谁不会养牛呢？

随便一个人，都有养牛的经历，都有养牛的经验。但这还不是关键的，最关键的是他们索洛湾村的自然条件，也是特别适宜饲养牛的呢。出门就是山，山上满是草；出门就是沟，沟里满是草……在村委会的会议上，讨论这个项目时，张军朝是兴奋的，路建民是兴奋的，所有的人都认为这是个非常适合村里经济发展的好项目。因此，他们在村委会会议上，对这个项目进行了充分的研讨，并做了个长远的规划，力争在三年之内，牛群里的小牛要翻倍，十年之内，索洛湾村遍布大牛和小牛，一定要使索洛湾村成为叫得响的养牛专业村！

多么美好的一幅村集体经济发展的蓝图啊！

那时候的索洛湾村，村集体没有任何经济来源，村里干部都不敢去村委会办公室了。去一趟，开个会，没有纸和笔，电灯不能开，一口热水都没有……为什么呢？没有钱呀。哪怕一毛两毛钱的开销，也得给村民们摊派了。所以村委会做个什么事，就都由村干部自己掏腰包。别说张军朝、路建民们，把个村干部干得没有劲头，换个人来干，一样劲头不大。有了养牛这个项目，张军朝、路建民他们都有了精神头儿。

张军朝、路建民交换意见，他俩都说，把牛养得好了，村集体受益，村民们更受益。

他们说干就干，张军朝、路建民在村子里精挑细选，选出来几位最有养牛经验，也最懂得牛孬还是牛好的人，带着县上资助给他们村里的购牛钱，背着干粮馍馍，肚子饥了，从背上的布包包里抓一块馍疙瘩，嘴里渴了，弯下腰在路边的小溪里掬一捧水，吃了喝了继续赶路……他们走到甘肃边境上的正宁县村落，一家一户地找牛选牛，清一色的繁殖性黄牛，是他们这一带地区的优良品种，走了不知多少个村落，挑选了多少头黄牛，可以说是优中选优，好中挑好，用他们带来的钱，挑选好了二十一头牛，满怀希望地赶回了索洛湾村来。

张军朝、路建民他们记得非常清楚，二十一头牛赶回索洛湾村的那天，村里像烧开的一锅水，沸腾了，男人女人、老人小孩，都从自己的家里跑到村街上来，围着那群新买回村的黄牛，看呀看，瞧呀瞧，大家怎么看都看不够，怎么瞧也瞧不够，所有人的脸上，都洋溢着一种期望的、幸福的微笑。

主持买牛这件事情的张军朝，比别人更是开心快乐。

当然了，张军朝也更信心饱满，在家的路建民接住张军朝他们，大家一起商商量量，自己设计，在村里选了一块向阳的地方，用了三天的时间，就修建起了一个大大的饲养室，把牛群顺顺当当地圈了进去……下来就是选拔饲养员了。索洛湾村的人，基本上都有饲养牛的经验，大家轮流着来养怎么样呢？在村委会的会议上，张军朝、路建民他们反复讨论，有人提出了这样一个建议，因为那群牛是村集体的，就该人人负责。然而这个提议并没有获得大家的一致同意，有人质疑了，担心人和人，是有差距的，责任心强的人好说好办，责任心差的人怎么办？村集体的一群牛啊！可是不敢有丝毫的闪失哩。讨论到最后，采用了大多数人的意见，那就是雇用饲养员。

一群二十一头牛，鲜鲜活活地圈在了牛栏里，雇用饲养员成了一件最为迫切的事情。张军朝与村委会的党员干部们，集思广益，担心本村的人，选谁不选谁的，可能都会惹出矛盾来，就把目光放得开了一些，超越了本村人的范围，找了个河南籍的小伙子，把他聘进索洛湾村来，让他担起了饲养村集体牛的重任。

小伙子生得倒是精精干干，说话也头头是道，考察时发现，他也有不错的饲养经验，而且又还是村里知根知底的人推荐来的，张军朝即受权于村委会，代表村里与他签订了养牛合同。

合同的约定虽然简单，却也实际，就是要求小伙子饲养村集体的牛群，二十一头牛不能减少，只能增加。如果繁育增加一头小牛，所得三七分成，村集体占七成，小伙子得三成。此外，村集体为解决小伙子的吃饭问题，倒腾出五亩水稻田，无偿给他种植，他把村集体的牛群饲养得好，有发展，三年后就让他落户索洛湾村。

这份合同，不仅上了村委会的会议，还交给村民代表大会讨论。

二十一头牛啊！对于索洛湾村来说，事关未来的美好前景哩！张军朝不会，也不能自己一个人做主，他充分发扬民主，得到了全村人的同意，把二十一头牛郑重地交给了雇用来的河南籍小伙子。

张军朝把二十一头牛交给他，倒是发现他很负责任地早出晚归，放牧着村集体的牛群，却不承想，到头来戏剧性的一幕，使老成厚道的张军朝，吃了一个哑巴亏。

22

村委会分工负责这项事务的张军朝，满怀期望地把二十一头大黄牛，交到河南籍的小伙子手上，他不是放松了不管，而是还有村里的其他事情，以及家里的事情，绊缠着他，让他常常不能分身，操给牛群的心自然就少了一些，但他还是尽可能地要关心村集体的牛群。

索洛湾村的人看得见，有人就还说张军朝，对集体的牛群比自己家的牛还上心。买回村来的二十一头牛，都是育龄期的母牛哩！张军朝舍不得让它们下地劳作，真如宝贝疙瘩一样地疼着爱着，刚一入冬，张军朝怕把它们冻着了，就还左筹右挤，弄出些资金来，在维修加固饲养室的基础上，还购买回一些杂粮豆饼给牛群做饲料来吃。

张军朝的理由是在理的，他乐呵呵地说：牛无夜草不肥嘛！

张军朝的苦心没有白费，入冬后的日子，其中的一头母牛就生产了。张军朝看着新生的牛犊，像他得了孙子一般高兴，他怕牛圈里的气温低，冻着了小牛犊，就把牛犊抱在怀里，抱回家去照管。自己在家的时候，舍不得插电取暖，牛犊子抱回家来了，他不怕费电，插上电炉子来给小牛犊取暖了。庄户人家与牛的感情，就是这个样子，几乎可以生死相寄……把小牛犊祖宗一样饲养着的张军朝，在那些个日子里，谁见着他，都是一脸的憨笑。

一头小牛犊的出生，就是一头的希望。

接下来的日子，牛圈里的怀着牛犊的母牛们，二十一头育龄期的大母牛争先恐后地生育着小牛犊，两头、三头、四头……牛群在一天天地壮大着。然而问题也跟着屁股来了，到了第二年的春上，因为不断壮大的牛群，让满怀期望的张军朝，怎么都想不到，在他忙着大家的春耕生产时，养牛的河南籍小伙子，撵着来了。他撵来时，张军朝正在自家的地里破土种植早玉米，小伙子撵到地头上，给他不无慌张地报告，说是牛群里三头小牛不见了！

初听这个消息，张军朝倒没怎么着急。

索洛湾村里，过去就有人家丢过牛，找一找都会找回来。

怀着这样的一种心情，张军朝动员村里的人，帮助养牛的小伙子找牛了。小伙子说三头小牛跑丢在双龙山，张军朝就与村民们钻进双龙山寻找，他们一道沟一道沟地找，一架山一架山地寻，把他们熟悉的双龙山找寻了个底朝天，找寻到了天黑，也没找寻见三头小牛的踪影……气急败坏的张军朝打算去双龙镇上的派出所报案，但是村里人劝说他：你受苦受累跑去派出所，人家大不了给你备个案，想要人家给你去寻牛，你不拿出寻牛的经费，他们能给你寻吗？即便如此，张军朝还是跑了一趟双龙镇上的派出所，去了后的结果，正如村里人劝说他的一样。张军朝的内心因此比他去派出所前还要崩溃！

三头小牛哩！张军朝不知道他怎么给村里人交代。

路建民知道了原委，更知道张军朝内心的难受，他是善解人意的，在见到张军朝后，给他手里塞着老旱烟让他吃，说：你先顺顺气。牛犊子嘛，是长着腿的，咱四周的山一重又一重，跑丢了，确实难寻。找也找过了，寻也寻过了，找寻不见，就不见吧。我给村里人做工作，大家是会理解你的。

村民会上，路建民就是这么给大家解说的。他解说了后，村民们倒也都很包容，没有人埋怨他。但是对那个河南籍的饲养员，就有了议论。然而议论来议论去，也议论不出个结果来，就还无可奈何地让他继续照管着牛群。

时间就这么不咸不淡地过去着，突然地到了夏天，那位饲养员再一次撵着张军朝来了。远远地就给张军朝说，牛群里又出状况了，好好的两头牛，前些天被毒蛇咬了，已经死了一头，他怕有传染病，把死了的牛赶紧处理掉了。

怎么处理的？张军朝气得不轻，他活要见牛，死要见牛皮。

那个河南籍的饲养员，很快地把一张牛皮，给张军朝拖了来。

辛苦操心的一年过去了，村集体的牛，倒是一头一头落生了许多新生小牛犊，但是也不断地出状况，不是生病蛇咬，就是意外丢失，到了年终给张军朝汇报情况，二十一头牛不多不少，还是二十一头牛……张军朝满肚子的胀气，他是决定下来了，必须把这个河南籍的饲养员开了不可！

但是拿到村委会上讨论，却有人提出反对，说咱与人家小伙子签了合同的，年限不到，你怎么开销人家？

想想也是，小伙子合同在手，张军朝还真是不好开销人家。他就找寻小伙子谈话了，给他苦口婆心地说，掏心窝子地谈，小伙子倒也谦和虚心，所以就还履行着合同义务，继续由小伙子放牧村集体的牛群。结果可想而知，到了第二年的年底，小伙子再给张军朝汇报一年的总账，二十一头牛，一头不少，一头不多，依然还是二十一头牛……诚实宽厚的张军朝再怎么宽厚诚实，也对这样一个结果是大大地怀疑了。

怀疑也仅仅只是怀疑，没有任何事实根据，张军朝依旧奈何不了人家河南籍的小伙子，人家还大而化之地饲养着村集体的牛群，他那么饲养着，再到下一个年底时，像前两年的时候一样，不多不少，村集体的牛群，仍然保持在二十一头的规模。

这一年，张军朝是多生了一份心，他把那个村里人介绍给他的河南籍小伙子是看透了，从一开始就没打好主意……不仅张军朝这么看了，村里的其他人是都这么看了呢。他们还私下打听调查，基本弄清楚小伙子是在搞鬼，他一定是背过村里人，把一年里新增的牛数量，假借这样一个问题，那样一个事故，悄没声地转移走了！

张军朝要和小伙子打官司了！

但这样的官司打下来，他张军朝和索洛湾村赢得了吗？合同上白纸黑字，约定了十年，二十一头牛，人家河南籍的小伙子没有少你一头，你怎么打？

张军朝的心那个灰呀，像丢在荒野里了一样，沾满了尘土……他原来是一个多么乐观的人啊！从此脸上没有了笑，想他一心为村集体谋利益，到最后却是这样一个结果！他想不通，更想不明白，不晓得人心这是怎么了？在村委会的会议和村支部会议上，张军朝做了多次检讨与检查，他把全部责任都揽到自己的身上，要大家批评他，骂他……村委会和村党支部的干部，谁不知道张军朝的为人呢？谁又看不见他对村集体的责任心？大家算了算账，村里虽然没有因为养牛赚钱，当然也没有因为养牛赔钱，就都劝张军朝说，吃一堑，长一智，权当交了学费了。

这样的教训是鲜活的，柯小海不吸取行吗？

23

少年老成的柯小海是必须吸取的。

柯小海在上任村级领导干部后，没有着急决策什么，而是颇费了一些精力，对于过往的教训，进行了一番梳理。柯小海在心里是这样想的，不去总结过往的教训，就走不出一条新的健康的道路。他要把索洛湾村未来的发展，建立在科学有序的基础上，才可能有一个好的结果。

村集体饲养肉牛的教训是一件，另外还有其他的教训，也是需要认真总结吸取的。

像路建民给柯小海说的，二十世纪九十年代初，双龙镇镇政府为索洛湾村等周边几个发展滞后的村子，多方谋划，找了条发展经济的路子，烤烟是其中最受推崇的一项。

《黄陵县志》在经济作物的科目中，专门收录了烤烟的种植情况。即在1990年，全县共种植了3.02万亩，总产量4430吨，实现产值1398万元；1995年全县种植烤烟0.98万亩，总产值1183吨，实现产值402万元……以后逐年减产，到了2005年，黄陵县的烤烟种植资格，被陕西省烟草专卖局取消。此后，黄陵县再没有种植烤烟的记录。

这能说明什么呢？

说明烟草种植的主动权不在种植户手里，一切都由县上整体安排。他们安排到了你，就有你的份儿，安排不到你，就没你的份儿。便是有了你的份儿，还要看你的烟草达标不达标，顺利达标，就由县上的烟草局统一收购。而如果不能达标，则需要自己解决销路了。当时把账算下来，索洛湾村响应县上的号召，积极落实种植面积，一亩地的烟草收入，比起玉米等别的谷物种植，收益要高上三到五倍。

烤烟种植是多么好的一件事情啊！

路建民在这件事上表现得特别积极，因为他也考察了索洛湾村的实际情况，村里的人，原来有抽烟习惯的人，都是自己在他家的责任田里，赶着季节给自己种植点儿。所以说，大家是有烟草种植经验的；再则是，村里人听到这个讯息后，态度也都十分积极。有了这样两条优势，路建民手掐把拿，认定他们种植烤烟，是让全体村民走向富裕的一条好路子。

当年村里即有十多户人家，响应号召，种植了烤烟，种植面积近百余亩。

为了村里的种植户，不仅要把烤烟栽种得好，还要管理得好。路建民多次往黄陵县城跑，找到县烟草局，请来他们的专家，亲到烤烟地头，从种植时的地膜覆盖，到烤烟出苗后的病虫害防治，给予了全面的技术指导。

但是一切的努力，到了烤烟收获季节，看起来遍地一片碧翠，收成却不怎么喜人。

最后总结经验得失，原来是他们索洛湾村的自然环境，并不特别适宜烤烟种植。这是因为，索洛湾村一带，身处繁密的次森林地区，气候与高原差异较大，光照时间不足，空气湿度太大，尤其到了收获季节，经常会要遭遇阴雨天，影响烟叶的采收，导致“黑爆烟”的产生，挂进烤烟炉里，再怎么调整烤炉温度，烤出来的烟草，在成色上都与收购所需的优质烟草，存在很大的差距……烟草部门也很无奈，原来约定的合同，也就无法执行。

村民受此一劫，元气大伤，最后就都忍痛低价转卖给了零售商。个别人家，来得更绝，干脆埋掉，或是当作柴火在锅眼里烧掉。

烤烟致富的梦想，最后成了一个空想。

乡村社会在走市场经济的道路时，就像盲人摸象一般，不遭受几个回合的教训，是绝无可能的……集体是这个样子，个体也是这个样子。柯小海与我交谈着，无意中说起了路遥的中篇小说《人生》，其中的人物高加林，读了一些年的书，无奈地回到家里来，家里人给他找了个营生，就是在家里的土灶上蒸馒头，蒸下馒头后，装在馍笼里，苫上白布盖好，挎在胳膊弯里提着去县城卖。高加林拉不下卖馍的面子，走在路上，还拐到一边的沟垴里，学着喊了几嗓子。结果到了县城的集市上，他还是张不开口，喊不出来……这种小说中的情景，居然在柯小海的现实生活里，真实地演出了一回。

那是他去店头镇，卖他们家种植的水稻和玉米。

水稻是要精加工后的大米，玉米也要精加工后的玉米糁子……店头镇不比他们双龙镇，有许多国营的大企业，人家都是有钱的主儿，在自己的嘴上，就很讲究了。也不知是谁，把他们索洛湾村种植的水稻，精加工成大米，拿到店头镇去，结果大受那里有钱人家的欢迎；还有索洛湾村的玉米，精加工后，拿去店头镇，像大米一样，依然很受他们青睐……柯小海像村里其他人一样，肩背着大米和玉米糁子，如高加林似的一路到店头镇来了，他无法如别人那么喊叫出来，只静静地蹲在店头镇的街市上，等着来人问价。这种坐等生意的结果，是可想而知的，买卖是少见的，却也恰好给了柯小海一个观察市场的机会。他发现去卖大米、玉米糁子的乡里乡党，都只操心自己的生意，所以鬼鬼祟祟的，你悄悄地压点价，他悄悄地压点价，最后都没有卖出理想的价钱来。

过往的教训，一桩一件，在柯小海选上索洛湾村二组组长的那天傍晚，像演出一幕一幕的活报剧，直往他的脑海里涌。

那个时候，柯小海刚从选举会的现场离开，他没有回家，而是习惯地走到窨子沟的沟口上。他是还想往进走的，再走进去一些，他就能看见大伯柯玉斌在大革命时期建立索洛湾村党支部的那孔石窑洞了。因为天色已暗，柯小海就站在窨子沟的沟口上，遥望着那孔石窑洞，发现这个夜晚的月光，白朗朗如纱似雾，从高高的天空倾泻而下，把窨子沟填得满满的，满山的树木，还有沟底的溪流，都朦朦胧胧地，引人遐思……林中的归鸟，似乎不怎么甘于夜的寂静，一忽儿这里，一忽儿那里，传出两三声美丽的鸟啭！

从此刻开始，柯小海知道他不再是一个人的生活了，他的一举一动，都将是一村人的举动，但他应该怎么举动呢？

这是一个问题，一个他带领全村人如何走向富裕之路的问题呢！

柯小海在窨子沟的沟口上站了很长时间，他把自己的腿都站麻木了，再站下去，窨子沟里涌动着的潮气，就要把他全身浇湿浇透了。他看了最后一眼那孔月光下的石窑洞，转过身来，向村子里回了……柯小海没有回他的家里去，而是走向了支部书记路建民的家，他在心里已经有了一个成熟的盘算，索洛湾村想要改变面貌，走小康之路，最根本的是要收拾人心。

现在的索洛湾村，十个人有十条心，一百个人有一百条心……天下事，人心不齐是什么事儿都做不成的。

柯小海想到此，一句当时流行的话，蓦然轰响在了他的耳边：人心散了，队伍不好带了。

这句流行话，出自电影明星葛优的口。他是在一部电影里，借着电影里的主人公之口说出来的。他一说出来，便弥漫了整个社会，是朋友不是朋友，只要认识，见了面打招呼的话，就成了这句流行语。之所以流行，好像还不只是个好玩的问题，而是充分揭示了当时的一种社会形态和风气。

柯小海从这句电影流行语里，观照到了索洛湾村的实际，他是决心先从收拾村里的人心开始，实现他的梦想了。

24

柯小海已经找到一个突破口，那就是新建村里的学校校舍了。

回到索洛湾村里来的几天时间里，柯小海到村办的学校里走了走，他惊叹村办学校的简陋与破败，到了几乎不敢多看一眼的程度。上世纪七十年代普教时建设成的村办学校，其间虽然有过几次维修，却也经历了二十多年的风风雨雨，到如今千疮百孔，摇摇欲坠……柯小海走进村办学校的日子，正值隆冬时节，他看得见冬日里的孩子，在四面漏风的校舍里，瑟瑟发抖着读书学习，没有一个孩子的脸不是青色的，没有一个孩子的手不是肿胀的、得了脓疮的。柯小海不敢看，他闭上了眼睛，却又像沟通了炎热的夏天，他想象得到，山雨如瀑，教室里的孩子，一个一个，还有老师，都被漏进来的雨水，浇成落汤鸡！

再苦不能苦孩子，再穷不能穷教育。

社会上把这句话说得尽人皆知，而且用斗大的字刷成标语，刷得到处都是。但那好像只是人家大城市的孩子享受得到，农村里的孩子，似乎就只有依靠农村人自己了。在索洛湾村村办学校里读书的孩子，哪一个不是自己村里的娃呢！一个一个，谁又不是他们家里的宝贝疙瘩呀！

柯小海连夜找了路建民，到天亮又去找了张军朝。

现在的柯小海，虽然进入了村级领导班子，但他也只是二组的组长，村办学校可不是他们二组的学校，要新建，没有路建民、张军朝的支持，他是寸步难行的。还好，路建民、张军朝两位村里的老干部，他们是支持柯小海的，在分别听了柯小海的想法后，当即召开了村党支部和村委会会议，坐在一起讨论了柯小海的建议。

对柯小海重新建校的建议，当即是都同意了。

但怎么重建？一大摊子的问题，你往会上摆一条，他往会上提一条……有人说了，先到政府的教育部门去找找，争取些资金帮助最好；有人说了，凑合着往前推吧，推一天是一天；有人说了，钱从哪里来，分摊给各家各户吗？柯小海把大家的意见听完了，知道再说下去，还是这些问题，咋扯都扯不出个头绪来，就不再避讳谁了，直截了当地告诉班子里的人。柯小海说钱的事，不要大家操心，他自己想办法就好了。还说，他需要的是大家配合，猫冬的时节，都没啥干的活儿，把大家动员起来，义务劳动就行了。

谁家的孩子不求学呢？在那样的教室里上课，他们能不心疼吗？

会是开完了，也有了会议的决议，但许多人是观望的，并没有积极投入进来。但柯小海就不能了，他必须全力以赴，找寻合适的工程队是一件事儿，跑资金是又一件事儿，还有沙石、木材等一大堆事，没有一件是好办的。不过柯小海倒是胸有成竹的样子，在他来办这许多难办的事情之前，还把他家里存着准备为窗户做窗帘的布匹，自觉捐献出来，先给没有门帘的教室，都做了棉门帘挂起来；再是教室里的煤炭炉子，因为没有煤烧，还因为炉筒子破了无法烧，柯小海就也自掏腰包，买了新的炉子，买了煤，买炉筒子，给孩子们烧起来。

村里的财政太窘迫了！柯小海在给孩子们制作棉门帘，买炉子、买煤炭、买炉筒子时，不是因为心疼他口袋里的钱，而是心疼村上的孩子们，的确是在寒窗里苦读啊！

临时性解决了学校孩子的取暖问题，柯小海便马不停蹄地开始了新学校的筹建。他在村里的两委会上说了，资金问题他来解决。话是那么说，他能怎么解决呢？粗粗地算了一笔账，新学校的建设费用，少说也得五万元吧！

五万就五万了，柯小海暂时还能拿得出来。

当然其中的材料费要占一大块儿。柯小海不敢说他有多大把握，能向有关方面争取到些支持。但他相信自己在外边跑了几年，还是跑出了些人脉关系的。所以他把组织村里人出义务工的事情，委托给了路建民、张军朝他们，他自己则出门去，先找了建筑队，把他们带回村里来，规划地皮，开挖地基……柯小海感到村里的干部，还有党员骨干们，在路建民、张军朝的带动下，都争先恐后地到新校舍的建筑工地上来了，并且听从施工队的指导，安排谁去河沟里挖沙筛石料，绝不含糊，就去挖沙筛石料了；安排谁在施工现场挖地基，自然也不含糊，就在现场挖地基……柯小海已经不是两头跑了，他是三头四头都要跑了。寒冬腊月的，滴水成冰，不论下河沟挖沙筛石料，还是在现场挖地基，不沾水是不能的，身上一沾水，就结成了冰碴子，冻得人不敢出手。然而不出手行吗？当然不行，所以就都在冰碴子里摸爬滚打！村干部和党员们，不畏寒、不怕累，村里人是看得见的，他们不好意思等待观望了，就也三三两两地加入了进来。

几头跑的柯小海，自然是工地上最活跃的一个人。

那些个日子，他出门跑材料时，都要先到工地上来一下，大家挖地基，他跳下基坑就也挖地基……过路到了河沟边，看见村里人挖沙筛石料，他也要跳下河沟里去，挖沙筛石料……这些吃苦受累的活儿，咬咬牙，都能挺过去，不是最难承办的事。

最难承办的事情，就是去追有求于人的那些人了。

柯小海把双龙镇和县上有关部门都走了，能不能获得支持就看人家了。柯小海是没有特殊办法的，他能缠着办事的人，就是他早先在伐木场干，后来自己开着车跑运输的林场领导了。建设新的学校，砖瓦沙石地，柯小海想想办法，由村里想办法就好了。而关键的是木材，教舍要用的房梁、檩条、木椽，以及门窗、桌凳，少一寸木材都不成。柯小海借着他认识林场的领导，就硬着头皮，觍着脸皮，一遍一遍去找了……处在深林之中的索洛湾村，遍地都是树木，但那是国家的财产，村里是没有处置权的。唯一有的，是村里的人家，每人三年各有 0.3 方的屋宇维修用料；再者是，村里的老人，每人还可享有 0.7 方的寿材用料。这个规定给了柯小海底气，他头一趟到林场去，没有见着林场领导，放下话再去。他的锲而不舍，终于让他抓住了林场领导，这便与他缠了起来。林场领导开初，任凭柯小海说破天，他都一句话，国家指标有限，他不能突破。

柯小海被逼无奈，就把村里人政策享有的那点指标抬了出来，与林场的领导说了。

苦口婆心，软缠硬磨，林场领导当着柯小海的面，给他批了一笔木材指标。

那位领导把他批下来的指标给到柯小海手上的时候，向他说了：你柯小海是为村里的孩子办事哩！你办得好，咱们林场是你索洛湾村的邻居。邻居家办实事，帮点忙是应该的。但也不是绝对非帮不可，都是你柯小海能缠，我给你批了，看的是你多年诚实对待林场的面子。

那位领导把批条交到了柯小海的手上。

柯小海急切地低头来看，让他看得既吃惊不小，又喜出望外！因为那位领导给他批下来的指标，比他自己申请的数量，足足多了有一倍！

柯小海的大吃一惊，还又喜出望外，全都进入了那位领导的眼里。他给柯小海解释了，要他放心去用，他批给他的木材指标，是他向县木材公司报告了的。有他们之间的私情，也有组织上的关爱。

拿到他缠来的木材指标，柯小海首先考虑学校的建设用料。多余的部分，他卖了出去，一分不留地都补贴给了工程建设，前前后后，跨了一个春节，用去了 46 天时间，即在春季开学的时候，把一所十开间的新校舍，奉献给了村里的孩子们。

25

孩子们开学那天，笑逐颜开，全都一脸的喜悦。

他们的父母亲，凡是参加了新学校义务劳动的，也都如他们上学的孩子一样，兴高采烈，满脸的喜气！

整个新学校的建设，柯小海只负责干活与掏钱，管理工程财务的是张军朝。他精打细算，除去林场所给木材的收入，最后由柯小海垫付了三万元。不论张军朝，还是路建民，认为这个钱不能让柯小海一个人负担，必须是村里人平摊才合理。柯小海拒绝了，他给张军朝、路建民说：这个钱以后就不要提了。你们俩管理得井井有条，给我还省下了一笔钱哩。

柯小海这么一说，张军朝、路建民笑了。因为他俩知道，在动员建设新的校舍时，预算下来，柯小海是准备拿出五万元呢！最后只是用了三万元，在他本人算来，自然是给他省下了。

省不省钱，在柯小海的心里看得并不是很重。重要的是，通过给村里新建校舍这件事，让他对索洛湾村的现实，有了一个新的认识。那就是村民们都有积极向上的动力，而我们村干部，能够无私无畏地带领大家向前走，就一定能走出一片灿烂辉煌的艳阳天！

与柯小海在他们村办小学里说着这些话，正有在校学生，坐在宽敞明亮的教室里，跟着老师琅琅地读着书。我很想赞扬他几句的，被柯小海敏锐地发现了。他没有让我说出来，而是抢在我说话前，给我说了这样一句话。

柯小海说：给村里新建学校，倒使我学会了砌墙、粉刷等技术活儿。

我听得开心，就还把柯小海喜爱的路遥在他《平凡的世界》里说的一句话，顺嘴说了出来：

“人处在一种默默奋斗的状态时，思想就会从生活的琐碎中得到升华。”

第六章

苏醒的土地

26

春寒料峭的日子，双龙镇召开的年终总结大会，柯小海代表索洛湾村参加了。

年少的时候，柯小海跟在索洛湾村当支书的老父亲柯雨荣参加过那样的会议，他能感受到参加会议的人，洋溢在脸上的那种荣耀感，以及责任感，还有参会者了解学习他人经验与心得的渴求感。那时候的柯小海，没有地位，没有资格，是跟着老父亲柯雨荣混会的。这一次不同了，他有了地位，也有了资格，可他却没有感受到一丝一毫的快乐，有的只是无奈与辛酸。

双龙镇的年终总结大会，议程是明晰的，就是总结过去一年的成败得失，安排当年的工作计划，最后就是表彰先进村组了。

表彰分为三个档次进行，以鼓励和激励为主。柯小海仔细地听着，也热切地等待着，满心期望索洛湾村能有一个奖项，哪怕是个小小的安慰奖也好啊！可是直到最后，柯小海能够做的，就是鼓掌了，一遍一遍地给人家别的村组鼓掌。开始时，柯小海把他的巴掌鼓得动作大，而且响声也大。他鼓着鼓着，鼓得他的巴掌心都疼了，就还惯性地继续鼓，但却鼓不响了。到最后，别说鼓不起来，便是连鼓掌的手都抬不起来了。

索洛湾村在双龙镇的年终总结大会上，没有获得一项荣誉。

柯小海坐在台子下，只觉他坐的不是光溜溜的靠背椅子，而是栽满了尖刺的刑具。他当时就把高举着的头低了下来，夹在两腿之间，只是感到烧，红到耳朵根上的烧！

双龙镇的这次年终总结大会，像一枚钢钎，深深地扎在了柯小海的记忆里，他是永远都忘记不了了。

我在荣耀起来的索洛湾村，与柯小海再次谈起那次大会，他依然还会脸红。这可是太好玩儿了，我因此说他了：你看你呀，脸皮那么薄？他不同意我的看法，说我没有参加那样的大会，参加了，就知道了。

柯小海说：你没法想象，我们索洛湾村竟然连个名号都排不上。

柯小海说：丢人啊。太丢人咧！

柯小海不能让索洛湾村一直丢人下去，那比钝刀子杀头都要难受呢！带着满腔的屈辱、失落和不甘，他本来还想在双龙镇待上一待，找一找镇子上的领导，谈一谈他们索洛湾村未来的发展，但他没脸待下去了。

从大会会场蔫头耷脑溜出来，柯小海就如一缕没有生根的风，飘飘荡荡地往村里走着……那么重要的一个会议，索洛湾村两手空空，到要回到村里的时候，柯小海才回过神来。

27

回过神来的柯小海，没有因为两手空空而懊丧颓废，他反而是信心满满。

这是因为他看见了春节前后，村里人团结一心，为他们村新建起来的那所校舍了。这是一个证明，索洛湾村人心所向，大家是不甘落后的，只要路线对头，方向正确，他们就能够焕发出巨大的力量，为改变索洛湾村而贡献。

双龙镇召开的大会上，不仅没有表彰他们索洛湾村，反而还批评了他们。

这样的批评放在以往，也许并不会引起谁的不快。以往索洛湾村的现实就是那个样子，村容村貌太不讲究了，长期以来，各家的院落及牲口棚，还有村道，相互粘连，纠缠不清，卫生状况那叫一个差……别说柯小海看不惯，村里的人谁都有意见，如遇雨雪天，臭水横流，泥泞难行，让人走在村道上，抬起腿找不到下脚的地方。特别让人不堪的是，你家的牛是拴在自家的门口上，但屁股拧向了邻居家，尾巴一抬，一泡牛粪稀里哗啦喷在了人家的大门前；他家的驴子也是拴在自家门口上，同样地又把屁股拧向了人家门前，要拉屎了，驴粪蛋儿骨碌骨碌直往人家门前滚……因为此，便严重地影响了左邻右舍的关系，眼看着不说吧，心里憋屈，说了吧，又会闹腾出矛盾来。

柯小海之所以信心满满，是他想着要借用给村里孩子新建校舍的那一股子劲头，开展一场村容村貌大改造，以此拉开他治理索洛湾村的序幕。

柯小海想到了就要做到，他建议路建民、张军朝，开个村级两委会会议，重点讨论了改造村容村貌的问题。他们俩倒是支持柯小海的，但到了全村村民动员大会上，很多人却不同意。不是一般意义的不同意，而是非常激烈的反对。他们的说法让人听来，既啼笑皆非，又无可奈何。什么牛圈猪圈的，不安顿在院门外，难道还要把那些个牲畜请进家里吗？厕所挪到自家院子里，别人不臭自己臭呀！村民们说得兴起，就还数落起了柯小海他们村干部，说是选举他们当村里的家，是要他们管理村里的大事的。这种鸡毛蒜皮的事也要管吗？你们管得也太宽了，再管怕都要管到人家炕头上去了吧！

柯小海倒是沉得住气，他没有反对别人说话。

不过柯小海很仔细，也很耐心地听那些人说话，那么说话到底是为了什么？真的是没有自己的私利？还是因为改造村容村貌，是要触及他们的利益？柯小海听得明明白白，看得清清楚楚，在大会上表现激烈的几位，恰都是家门口占地最多，给大家造成麻烦最多的几户。柯小海不急不躁，他观察着会场上的形势，发现大多数人和大多数家庭，是拥护他改造村容村貌的，这使他有了底气，就不打算顾忌那些个反对的声音了。

不过向大家做进一步说服工作，还是很有必要的。

柯小海在充分听取了村民的意见后，他态度就更坚决，也更明确。他向大家宣传说：我把咱们村上的家户是都走了走，我有一个发现，不知大家看到了没有。家里干净的人家，客人来得就多，家庭条件也好一些，娶媳妇好娶，有女子愿意来；嫁女子也好嫁，提亲的人来得多……不是我说话难听，好听的话能够当钱使，我倒是乐意说。可是一点用都没有，反而是难听的话，常常很有用处，会给自己带来好处。柯小海越说越气长，想要与人交好，先把自己收拾好。你家院子门上，屎尿横流，可不是别人泼给你的，是你自己不给自己好脸色！咱把丑话说在前边，改造村容村貌，是解决索洛湾村发展的大事情，你是积极的，他是消极的，大家会看得很清楚，到时候党和政府的政策下来，要帮助咱们了，就没有你消极者的事儿。我们村干部是讨论了的，要帮助就先帮助有上进心、对村集体号召的事情态度积极的人。

没有想到，过去不咋说话的柯小海竟然是个很能说话的人。对这一点，那天连他自己都有些吃惊。

他在前边说了那一堆，心里还有话说，就不歇气地继续说了。

柯小海说：我前面是拣轻的说来呢，后边就不客气了。你自己不长眼睛吗？把牲口圈和厕所，摆在当街上，你就占便宜了是吗？我给你说，那是没有公德，是给自己脸上抹屎哩！外人不说你，是人家瞧不起你，是你自己没出息！自私得只知道守着自己那点脏乱破旧的坛坛罐罐过日子，就不能把身子挺起来，把眼光往远处看看，就算咱穷，也要穷得有个样子吧！不是我要夸海口，把咱们索洛湾村的环境整治好了，才有咱们的出路。有儿子娃的，给娃娶媳妇也能娶得亮亮堂堂；是女子娃的，嫁女子也能嫁得光光彩彩。

柯小海的一席话，把大家说得沉默了。

这样的沉默，其实就是对柯小海整治村容村貌工作的承认，更是对他那一种干事风格的认可。

来日清晨，天才麻麻亮，柯小海与村上两委会的干部，即逐门逐户查访，对于要进行整改修葺的，做进一步的说服动员，向他们限定了时间，到半上午的时候，村容村貌改造工程队便就浩浩荡荡地开进村里来了。

情况看来还很乐观，绝大多数村民家庭都很配合村级两委会的决策，自觉行动，拆除着他们侵占到村道上的牲口圈，以及自己家的厕所。几天时间过去，该拆除的基本都拆除掉了，而“钉子户”就也这么不讲理地突出了出来。他们不仅不拆除，还坐在自家大门口，要赖撂凉腔，一副死猪不怕开水烫的架势。过去的时候，谁这么来是有便宜占的，但这一次，对象变成了柯小海，还想占便宜可就不那么容易了。对此，柯小海心知肚明，他做了村上的干部，就不能放任唠叨人家再占便宜，那是对厚道人家的一种伤害。柯小海一定要扭转这一不良传统。他心里是这么想着的，而且也已看见村里那些听从号召，把自家门前清理出来的人，都把希望的眼睛投放在了他的身上，他不能让大家失望。

那么他该怎么干呢？柯小海知道鲁莽是不能解决问题的，所以他把“钉子户”们先晾了几个日头。

在这期间，他一刻不停地督促能够施工的村道段落，就先热火朝天地干起来，把“钉子户”孤立着，让施工队只管往“钉子户”逼近，逼得他们自己都要不好意思了，柯小海这才出面来做他们的工作。他把做他们工作的时间，全都安排在晚上的时候，自己一人进到他们家里去，是老叔了他大声地叫他们老叔，是老哥了就也大声地叫他们老哥，坐在他们的炕头上，先不说他们“钉子户”的事情，而是与他们家长里短地说些别的话，说得他们心慌心急，自己抢上来与柯小海说他们“钉子户”的事了。到这时候，柯小海一定要向他们征求意见的，检讨他年轻，有什么事做得不到位，就让他们多多担待，给他说，是他的问题他改正……柯小海这么给他们说来，让“钉子户”里的多数，不好再拗劲儿了，就也自觉地配合村容村貌的改造，剩下极个别的，对索洛湾村的现状非常不满，言辞也很激烈，柯小海不与他们急，只是向他们保证，要他们相信他，三年后看，索洛湾村还是旧模样，他自己辞职。

柯小海对“钉子户”的保证，没有仅限于“钉子户”，而是还光明正大地保证给了全索洛湾村的人。

在柯小海的保证下，“钉子户”来日就都把他们各自门前需要改造的路段，全都足尺等量地扒出来，让给施工队做了。

28

柯小海的思路一个接着一个，把索洛湾村里的街道改造整治出来，没有歇气地就又修起出村的大路了。

柯小海的理由，在那个时候叫得特别响亮，到处都在说：“要想富，先修路。”他把那六个字，找来写字好看的人，用白灰水，刷得满村人都看得见，那六个大字，像是六只大大的眼睛，看着村里每一个人，大家跟着柯小海，还有村两委会的干部，以及村上的党员骨干，把他们的血汗，就都抛洒在了修路工地上。

这是柯小海所乐见的，因为他在动员大家的时候，没有说一句报纸、广播、电视上那些空洞的话。他只是给大家说：咱们把村道改造整治好了，不只是为了自己好看，而是为了方便。仅仅方便在村子里，还不能算是方便，而要方便咱们走出去……柯小海的这些话一说出来，村上人听明白了。因为满村人，无一例外地都吃过出村道路不好的亏，正像村里人自己说的，“天旱了是扬灰路，水涝了是水泥路”，不幸遇上滑坡，就干脆断了头而不能走。

为了索洛湾村未来的发展，修好了出村的道路，就是修好索洛湾村致富的路。

如柯小海带领村里人新建村子学校的校舍一样，不论改造村容村貌，还是修建出路的大路，不在寒冬腊月，就在春寒料峭的日子里。这三项工程，用量最多的就是沙石了。小河沟里最先是结着冰的，后来冰消了。冰碴儿还在，柯小海看着施工现场上的沙石跟不上，他会撵到采取沙石料的小河沟去，把裤腿往上挽起到膝盖上，跳进冰河里，与大家一起采沙采石……我因此在采访他的时候，趁着他不怎么注意时，还伸了手，把他的裤腿撩起来，我看到了他那时在冰河里受冻留下来的伤痕。

三公里的出村大道，改弯取直，把陡坡变成缓坡，很好地与县级道路连接成网，村里人不论什么时候，要去什么地方，都能顺顺当当地去了。

修建出村道路，柯小海还是让张军朝管着账目，最后算下来，又让柯小海从他的积蓄里掏出了近四万元。

张军朝、路建民和他说着那笔花销，柯小海很轻松地说了一句话：我就只盯着一件事，把路修成就好！

一连三件事情，对索洛湾村人来说，没有一件不是大事情。不仅柯小海看到了，路建民、张军朝也都看见了，村里人的精神面貌，悄悄地发生着变化。那样的变化也许不能算大，但足以证明，索洛湾村村民们休眠着的心，是醒过来了。这是最重要的，今后还有什么事情不能做呢！

大家可以放心大胆地迈开步子，走小康的道路了。

就在这个时候，村党支部开会研究了柯小海申请入党的事儿。支部会上，大家毫无异议地同意了他的申请。他光荣地成了一名中共预备党员。年终时候，柯小海再次去双龙镇参加镇上的总结大会，柯小海自己倒不觉得，一年来他们索洛湾村发生了多么大的变化，但周围村庄，以及镇党委和镇政府的领导，还是十分认可他们的工作的，并且还很信任他们，他在会议上被点名叫上主席台，颁发了他们索洛湾村一个组织奖！

先在村里由路建民担任介绍人，柯小海成了党的一员，接着又还获得双龙镇的表彰奖励，别说年龄越来越大的老父亲柯雨荣高兴，给了他平生以来，一次难得的笑颜赞许。便是村里人，也都无不对他刮目相看，认定他是索洛湾村“钢棒硬证”的好带头人！

群众的眼睛是雪亮的，他们的心里有一杆秤。

那杆秤称的是良心！与柯小海在一起的日子，他总会不断地给我说起这句话来。他把这句说出后，还会很自然地转移话题到群众身上来。他说得非常真诚，以为“群众路线”永远是一条康庄大道，做任何事情，只要相信群众，依靠群众，就没有做不到、做不好的。为此，柯小海更加坚持集体主义的立场，从那年年初做的三件事情说起，他坚信竞争激烈的市场，可不是哪个个体能够弄起大潮，翻起大浪的。索洛湾村要发展，要成长，不去抱紧“集体”的大树，给“集体”这棵大树施肥灌水，就一定不会有大出息！

唯有集体才能办大事，成大业。

柯小海是把他的心交给索洛湾村集体了，他把他的人也像一棵大树的根，埋在了索洛湾村集体的土壤里了……当时担任双龙镇党委书记的张浩云，对此感触就特别深。

我看到一个资料，说的就是张浩云对柯小海的记忆。他在那份材料里分析，是没有粉饰他们那时的工作的，而是非常中肯地检讨他们那个时候，不去说深山沟里的索洛湾村了，就是他们镇子上工作，也表现得十分刻板，太缺乏灵活性了。除了计划经济留下来的那些个过时的工作方法，基本上少有新的措施出来。作为镇党委和镇政府，他们做事的出发点和落脚点，都没有问题，焦急自己区域的老百姓何时能够致富。但是怎么致富？方法少得可怜……柯小海出来了。他在双龙镇的出现，让人既兴奋，又担心。张浩云说他因此还批评过柯小海，自己批评了他，对还是不对，柯小海都能虚心地接受。这叫张浩云不能不钦佩他，也很欣赏和想着要帮助他。

柯小海的确是乡村社会难找的一位致富带头人。

张浩云这么肯定地评价柯小海，我是很服气的。因为我有很长一段乡村生活的经历，在当时的人民公社以及县级机关都工作过，知道张浩云那样的干部，虽然对基层干部是关心的，但要他们承认自己工作上的不足，可是非常困难的呢。张浩云是少有的一位，他正是因为胸怀这样的品质，所以在他主政双龙镇工作的时候，想着办法要提高基层干部的视野，以及他们的工作能力。

张浩云首先带头解放他们镇党委和镇政府的思想，采取走出去的方式，亲自出马，带领柯小海等双龙镇年轻有为的干部，参加有农科城之誉的杨凌农高会，在会上开阔眼界，找寻合作项目；并抽出时间，到外省市村集体经济搞得有声有色的村上去，向人家请教，拜人家为师，并且深入距离他们比较近的厂矿企业里去，在他们那里寻找商机……应该说，这是非常好的一种做法，以学习为目的，大力拓展思路，让柯小海的眼界与认识，都得到了非常大的提高。在此基础上，他对他们索洛湾村，就也有了新的发现，知觉他们森林环绕的村庄，自然环境可是别处所少见的，一切来得那么优美，那么得天独厚，这可是求之不得的呢！

在这样的环境里，土地也该是独特的，充满了一种别样的灵性。

29

柯小海四处跑了跑，在他获得了这样一个感受时，他刚从外地回到家里，跟他人生经验丰富的老父亲柯雨荣都没顾上说话，自己把过年时剩在家里的半瓶老榆林搜出来，拧开瓶盖，嘴对了嘴，便是一顿狂吹……土地，还是土地，是老父亲他们一样热爱的土地啊！

过去的日子，虽然不能说他们索洛湾村的土地在睡觉，但真的没有能够充分认识土地的能力，以及土地的潜力。

如同得道者豁然顿悟一般，柯小海有了这样一个认识，使他兴奋得想要跳起来，而且还想要喊，还想要叫……一大口烈酒在他的体内作用着，仿佛他的身体就是他们索洛湾村的土地，他要让他与他们索洛湾村的土地，苏醒过来，成就索洛湾村土地的无限能力，成就索洛湾村土地非凡的贡献！

双龙镇书记张浩云那次批评柯小海，把他批评得很严厉，最主要的一条理由，还是要他落实县上下达的烤烟种植面积。

实践证明，索洛湾村的自然环境和土地，不能很好地种植烤烟，村民们已经被种植烤烟伤透了心，只是讲自然环境，不讲土地的条件，按照某种任务继续种植烤烟，只会进一步伤害群众的利益和情感……柯小海不是要对抗张浩云书记，他是要从实际出发，所以就嘴上听取了张浩云书记的批评，但在索洛湾村里，他与村里经验丰富的庄稼把式们，像是土地的医生一般，既认真地探寻索洛湾村的自然环境，又仔细地探寻索洛湾村土地的属性。得出一个基本的看法后，柯小海就又走出索洛湾村，自掏腰包，去到我国唯一的农村农业示范基地杨凌，以及农业科技发达的西安，把他们那里的技术专家请到索洛湾村来，一起探讨村子的发展方向与路径。

在这个时候，柯小海没有护短，他把他们索洛湾村许多年的传统种植、养殖情况，以及听从上级安排，所搞的一些特色种养殖结果，都说给了请来的专家们听，征求他们的意见。

应该说，这可是柯小海的一个长处哩！

俗话说“处处留心皆学问”，柯小海不仅是处处留心好学，而更重要的是，在学习的同时，善于结交有学问的人，与他们能够很快成为心心相印的朋友。

诚心换诚心，真心换真心。通过柯小海请来的专家朋友，深入对索洛湾村的土地以及自然环境进行科学考察，以及卓有成效的评估，最后拍板下来，索洛湾村周边的山林，原始地适宜种植蘑菇、香菇和木耳，就充分地利用这一自然环境的禀赋，大力开展蘑菇、香菇和木耳的种养；与此同时，还能够实验性开展大棚蔬菜的种植，以及稻田鱼儿的养殖。索洛湾村因此走上了一个多业并举、多渠道发展的新路子。

难的是寻找发展的路子，但更难的是推广实行了。

柯小海在与请来的专家朋友，反反复复地调查，反反复复地论证，确定下了索洛湾村不离乡、不离土，就在自己村里创市场的思路，他召集全村村民会议动员了。在会上，柯小海把他与专家们调查论证的详细情况和结果，和盘端给了大家，要大家各抒己见，然后统一思想，统一行动，致富村里每一个家庭、每一个人……也许是过去的教训太深刻了，大家记忆犹新，因此对柯小海与专家们拿出来的这个致富方案，还有不少疑惑，所以在柯小海宣布完整个方案后，村民们的讨论还是非常热烈的。柯小海仔细地听着，听到最后，他总结了这么几条。

譬如种植的蘑菇、香菇和木耳，销路怎么样？好解决吗？

再譬如稻田养鱼，会不会影响水稻的生长？让水稻减产了怎么办？是不是需要黑黑明明守在地头看？

还譬如大棚蔬菜的种植，成本高不高？政府有补贴吗？市场在哪儿？可不敢种出来了烂在地里！

村民们的问题都很具体，也都非常符合实际，柯小海听着就很感动了。会前他是想了呢，最怕村民不说话，那就不好办了。现场的情况使柯小海特别受鼓舞，大家提出来的问题越多，越具体，也就越是好。把未来可能出现的状况，都消灭在未实践前，是最好的结果呢。

兴奋着的柯小海，等到村民们讨论得再说不出什么了，他站起来给大家一一解答了。

柯小海先从种植蘑菇、香菇和木耳说起，他说这可都是山珍哩！城里的市场大了去了，咱们索洛湾村所处的地理环境，是种植这些山珍的最佳之所，咱们种植得再怎么多，都不够城市消费的呢！说罢了蘑菇、香菇和木耳，柯小海又说起了稻田养鱼，以及大棚蔬菜。他是这么说的：蘑菇、香菇、木耳咱们村里人都不陌生，不用太费心，就都上得了手，而稻田养鱼、大棚蔬菜，咱们过去没有搞过，别说大家不熟悉，我也不熟悉呀。许多事情可不是等着咱们熟悉了去做，才能获利，而是要在不熟悉的时候去做，才可能获大利。对此，我不想说大话，也不想硬拉着大家去冒险，愿意的我欢迎，咱们先走一步，走好了，走对了，走出市场来了，大家跟上走也好。总之，我是与外边的经销商，都谈好了的，咱们种植的蘑菇、香菇、木耳，还有稻田里养成的鱼，大棚里种植的蔬菜，应时应季，一定会销售出去的。

柯小海没有强求大家都跟着他来干，是他理解村里人的担心，并不是没有道理。过去的时候，大家尝了不少这样的苦头。所以他是想了，绝对不搞一刀切，慢就慢点儿，谁愿意先走一步，他就和他们先走了。

结果很是不错，就有人甘心跟着柯小海先“吃螃蟹”了。蘑菇、香菇、木耳，以及稻田养鱼和大棚蔬菜，呼啦啦地就在柯小海的带领下，在索洛湾村子里搞起来了。

与此同时，柯小海还对索洛湾村的传统优势种植，进行了新的包装，那就是他们村里人家都在种植的水稻与玉米了。原先的时候，大家只管种植下来，把水稻碾成大米，把玉米磨成糁子，扛着去店头镇的什么地方，自己村里人与自己村里人竞争，把那么优质的大米、玉米糁子，卖成了普通大米、普通玉米糁子的价钱，那咱们不是太吃亏了吗！现在咱们要联合起来，形成一个拳头去打市场，咱们优质的大米，优质的玉米糁子，就能够卖出优质的价钱来。

柯小海是这么在索洛湾村里向大家宣传的，而且他已胸有成竹地想好了一个品牌的名称，不叫“索洛湾牌”，而叫了“双龙大米”“双龙玉米糁”。

村里有的是明白人，柯小海这么一宣传，当下就有人跟进，夸赞他的主意好。

但为什么不叫“索洛湾牌”，而要叫成“双龙大米”“双龙玉米糁”的牌子，他们是谈了些不同意见的。认为要打牌子，就把咱们索洛湾村往出打，让咱们索洛湾村的名声响起来，咱们今后做生意不就更好做了吗！对于村上人的这一观点，柯小海不能说错，但他觉得大家是狭隘了。他因此做起了大家的工作，告诉大家：咱们如果把市场打开了，仅仅咱们索洛湾村那点儿大米、玉米糁子不够卖怎么办？咱们把双龙地区的大米、玉米收购到咱们村里来，再往市场上推，那就是欺骗市场！这可是生意场上的大忌呢，那会坏了咱们索洛湾村的生意！而咱们一开始就打出“双龙大米”“双龙玉米糁”的牌子，不论咱们把市场做得多大，咱们也是货真价实，不欺不瞒，这可是有多好啊！

柯小海把问题常常想得就是比别人宽，比别人远。

柯小海在索洛湾村里这么宣传下来，就没有人听不懂他的用心了。大家因此集合起来，把他们过去分散经营的索洛湾大米、索洛湾玉米糁子，由村上出面，统一印制了包装袋，既美化了包装，又完成了规模化的生产与营销，使他们的优质大米、优质玉米糁子，破天荒地成了他们村走向市场的一个拳头产品。

后来的情况，正如柯小海所预想的，双龙地区的大米、玉米，就几乎都被收购到索洛湾村来，进行加工销售了。

30

回头总结那一年，柯小海给我说了，那是他最累，也最开心的一年。

柯小海开心的是人的觉醒，以及土地的苏醒，就这么在索洛湾村，有机地融合在了一起，并且发挥了让人难以置信的效果。“双龙大米”“双龙玉米糁”的市场在不断地扩大，稻田里养殖的鱼儿和大棚里种植的蔬菜，已然市场广阔……2000年年底时，索洛湾村就先后建起了30余座蔬菜大棚，6户蘑菇、香菇、木耳培植家庭，他们大家当年无不开开心心地见到了大效果。单单柯小海自己的两亩大棚蔬菜，就收益了7000多元。

到2001年时，已经不需要柯小海动员了。

榜样的力量是无穷的。索洛湾人的眼睛不瞎，账算得都很清楚，大家跟着柯小海，就都积极地开始了大面积的大棚蔬菜种植，其中更为新鲜，也更具科学意义的温室大棚就建设了5座，每座的建设投资都在9万元以上；与大型温室大棚相辉映的还有100多座小型温室蔬菜种植大棚……双龙镇的年终总结大会，又在镇党委、镇政府的主持下隆重召开了。柯小海像他前次一样，坐在台下听会了。

这一次，柯小海和他的索洛湾村，再不是那个落后村了，当然也不是陪衬了，他和他们索洛湾村，光光彩彩地如同主人一般，几乎拿走了双龙镇各类奖项的全部一等奖！

索洛湾村是红火起来了！

柯小海是红火起来了！

但在这红火起来的背后，有多少辛酸，有多少操劳，是柯小海还要总结的呢。他号召大家积极开展大棚蔬菜种植，就先自己带头做起来；他号召大家开展稻田养鱼，就也自己先搞起来；他号召大家开展家庭蘑菇、香菇和木耳种植，自然也要先做起来……然而这都不是最重要的。重要的是他自己做好了，村里人向他学习，他就得不厌其烦，既帮助愿意学习的人家联系贷款，联系菌种，联系菜种，在此基础上，还有个技术问题需要跟上。这时候的他，就成了大棚蔬菜种植技术员，成了稻田养鱼技术员，成了蘑菇、香菇和木耳养殖技术员。他给大家上门去做这样那样的技术员，不分时间、不分地点，随叫随到，完全都是义务的，一分钱的报酬都没有。

柯小海太忙了，他不仅要照顾好自己的种植与养殖，以及村里人家的种植和养殖，而且还要跑县上，跑镇上，继续新型农业产业的技术学习，以及销售渠道的建立与疏通。此外，农业银行、农村信用社，也是他要经常跑的呢……那个时候流传的一句话，村里人很不客气地用在了柯小海的身上，说他真的是

“起得比鸡早，睡得比狗晚”。他自己承认村民们对他的评价，因为他自身常常出门时，村子里还是一片黑，而回到村里来时，夜深人静，偌大的一个索洛湾村，已经沉沉地进入梦乡了！

现在来看索洛湾村的发展是那么好，人心是那么齐，产业是那么顺溜。

柯小海自己不说，谁会知道他向农业银行、农村信用社跑贷款，受了多少冷落，吃了多少闭门羹，还有学习各类种植、养殖技术，又熬了多少个夜……柯小海从不隐瞒他的文化知识存在短板，但是为了学习农业技术，他是拼上命了，能在自家院子自学的，就点灯熬油在家里学习了；艰深一点儿的，要去县上、市上，甚至省上，他就毫不犹豫地撵着去，甘做农业技术的小学生，不把技术学会学好，就绝不罢休。

公道，能干，人善良。

双龙镇当时的书记张浩云，不仅那个时候是这么评价柯小海的，便是过去了许多年，现在他来评价柯小海，依旧要说他当年说过的那三句话。

张浩云说得既认真又诚恳，他早已说过：柯小海对村上的事情极度热情，这样的好苗子，不仅要培养，而且要重用。

在张浩云的眼里，柯小海已经成长为一名十分合格的村级领导干部了。接下来，在柯小海转为正式党员的时候，即在索洛湾村全体党员参加的大会上，力推他做了村党支部书记。

第七章

泥泞的跋涉

31

年纪轻轻的就担任起了村党支部书记，柯小海自己没有想到，“老革命”的父亲柯雨荣也没有想到。

有着坚强革命初心的柯雨荣，在儿子柯小海被推举为党支部书记的那天，他没有在大会上说什么，柯小海回到家里了，他把柯小海叫到身边，给他语重心长地说了。老人家说得非常动情，说：你小子能耐大，这就把一个村子的当家人当上了。老爸要给你说哩，不当家不知柴米贵，不当家更不知道人难带。咱们索洛湾村的党员信任你，村民们期盼你，是要你无私无畏带领大家致富奔小康哩！你可是不敢让大家失望啊，若你做不到，做得不好，你老爸我死不瞑目！

老父亲的几句话，把柯小海说得差点儿落泪。

他咬牙忍住了。不过他在心里下着决心，绝不辜负索洛湾村党员和村民们的重托，把大家过日子的重担，挑在自己肩膀上了，哪怕压断了腰，趴在地上也决不后退，脚手并用，也要保证把索洛湾村带上更高的台阶，走向更远的地方，实现更远大的目标。

应该说，柯小海对此充满了信心。

然而就在柯小海充满信心，要为索洛湾村的未来发展大展拳脚的时候，有一件历史遗留的问题，非常突出地摆在了他的面前，那就是村子里养殖着的那群肉牛了。想起这件事情，别说柯小海要骂娘，路建民、张军朝，还有村里有良心的人，是都要骂娘了！

但骂娘是不能解决问题的。柯小海想的是，前路不会一马平川，任何时候，都会有你想象不到的问题和困难，如同挡道的老虎，或是拦路的熊豹，你不把它们清除掉，向前的道路就走不通。

引出的这件历史遗留问题，就还是养牛的事情。

如果不是因为新一次的养牛问题，突然地来到柯小海和索洛湾村村民的面前，大家把集体养殖的那群肉牛几乎都要忘了呢。眼不见，心不乱，那群牛被大家忘记了，是大家的福，记起来想着，就让人烦恼，让人头痛。但这有什么法子呢？那毕竟是一个现实的存在，柯小海不能忘记，路建民、张军朝和村里人也不能忘记，因而那件事情就如鲠在喉地为难着他们……突然地，黄陵县再次把双龙镇确定为了秦川牛养殖基地，而他们索洛湾村又一次被双龙镇确定为秦川牛养殖基地中的基地。

为了开展这项工作，镇党委书记张浩云，亲自找柯小海谈话，要他务必支持县里的这项扶贫产业工作。

柯小海给我说起这件事情时，很有些难为情的样子。我看着他乐了起来，因此说起了一个看似与此事毫无关联的事情。我之所以要把那件看似无关的事情说出来，是因为我那个时候在西安报业集团工作，负责着一份发行量十分可观的报纸，知道这件事的来龙去脉，可是还有些说道的呢。那年英国的牛疯了（疯牛病），香港人上百年来，齿舌上吃惯了英国的牛肉，他们的牛一发疯，当下断了香港的牛肉供应。他们全世界寻找可以替代的牛肉，包括内地的秦川牛、南阳牛、鲁西牛、延边牛和山西的晋南牛，一起弄到香港去，进行了严格的物理分析，以及口感调查，最后确定下来，秦川牛的牛肉是最佳选择，不仅可以替代英国牛肉进口，还可以作为长期供应伙伴。

这是一个多么好的商机啊！陕西省把这样一个好的商机抓在手里，自然要大作一番功夫了。

黄陵县山林茂密，草场广阔，因此就也被确定为秦川牛养殖的基地。张浩云把柯小海叫到双龙镇镇党委来，郑重其事地给他下任务做工作，就是怕他不能接受任务。因为张浩云书记心里有一本账，他知道索洛湾村那段养牛的事情，可以说非常失败，再给他们压任务，工作就不好做了。果然，在张浩云书记把饲养秦川牛的话题刚露出口，就把柯小海吓了一跳，眼睛睁得大大的，看着他张嘴就要反对……张浩云可是不能让他反对出来的，他要把他反对的话堵在他的嘴里，不让他说出来。

怎么能让他不说出来呢？

张浩云心里清楚，就只有更坚决地给他说：你们索洛湾村的实际情况，镇子上都了解。那时的情况与现时的情况，发生了根本的变化。那一次盲目了，没有准备好，给村里带来了困难。这一次是省上的决定，县上又做了充分的规划，从品种的选择，以及饲养的过程，都有专门的科技人员扶持。你不要有顾虑，镇党委对你有信心，这个头，你带也得带，不带也得带。我把话就撂给你，你回到村上去，只管抓落实就好。

张浩云书记最后说：资金配套供应，我不会为难你。

张浩云书记把话说到这里，柯小海还能怎么办呢？他吞吞吐吐，欲言又止，张浩云书记看在眼里，他站起来，走到柯小海身边，抬手在他肩膀上拍了拍，示意他不要说别的话，而他还有要做的事情，顺便送他走了。

在张浩云书记的陪送下，柯小海走出了镇党委大门，告别了张书记，独自往前走了。他都走了有一段路了，张书记又把他叫住了，并向他靠拢了过去，给他还说了一件事。

张浩云书记给他说：有个“速生杨”的项目，给你索洛湾村五十亩怎么样？

32

自小生长在林区的柯小海，钻梢林把他们村子周边的山林都钻遍了。他认识的树木成百上千，但张浩云书记说给他的“速生杨”，他还是头一次听说。不过他凭着字面的意思即知道，是一种生长速度快的杨树。刚刚给柯小海下达了养殖秦川牛的任务，没过多少时间，又给他下达“速生杨”的栽种项目，张浩云书记自己都有些不好意思了。

张浩云与柯小海两人，就那么站在双龙镇的街道上，不断有人从他俩身边过，有认识他俩的人，躲不过去，就都要问候他俩……柯小海看见，张书记的脸都红了呢！

红着脸的张浩云书记，等着柯小海表态。

柯小海没有想到，张浩云书记一会儿的时间，就给他下达了两项任务，他的确有点吃不透，吃不消。但他不能让张书记红着脸就那么与他站在镇子的街头上，这是对关爱他、支持他的张书记的不尊重。柯小海必须表态了，他在表态前，还问了张书记一句话。

柯小海说：书记呀，您有任务，在您的办公室不能都说了吗?

柯小海说：您放在镇子街头说，我有压力。

柯小海的两句话，把张浩云书记说乐了。他也还了柯小海两句话。

张浩云书记说：我想要个脸红。

张浩云书记说：你怕见我脸红吧。

再还说什么呢？说什么都是多余的话。柯小海点头答应了张浩云书记。回到索洛湾村来，柯小海心里想的是如何把张浩云书记交代给他的两项任务完成好，便不由自主地走去了窨子沟，在窨子沟口上站了很久很久……远处沟堖的崖壁上，那空石窑洞在阳光的照耀下，散发着一种神奇的亮光，大伯柯玉斌他们大革命时期的许多故事，也再次地鲜活在了他的脑海里。

先辈们的故事，在这个时候，与张浩云书记给他的嘱托，结合在了一起。

张浩云书记与他在双龙镇的街头，站着说了那一堆话，还不仅是个领受秦川牛养殖和“速生杨”栽种任务的问题，他的话语背后，是还有他不好说没说出来的话哩。对此柯小海心知肚明，张浩云书记之所以给他们索洛湾村压担子，压上一项，还要接着再压一项，是因为他既相信索洛湾村的群众基础好，还信任他柯小海的党性原则强，有能力，有魄力。虽然张浩云书记没有当面给他亲口说过，但柯小海从他人的嘴里已经多次听到，张书记说他听话、懂事，有重要的事情压给他，让他心里有底。在一份资料中，我还看到了张浩云书记当时对柯小海的评价，说他性格鲜明，对党忠诚，热爱群众。几次镇党委会议，柯小海出席了，个别人因为不能理解一些事情，会说些过头话。柯小海听不下去了，也不知回避，当面锣对面鼓地，就要与对方理论，不说服对方不罢休。

柯小海不仅听到了张浩云书记对他的这些个评价，还听人转告于他，说是张书记说了，柯小海对镇党委的工作部署与安排，有意见就是有意见，说过了，镇党委没有听取他的意见，他也不会闹情绪，而是会按照镇党委的安排部署，认真抓落实的，绝不推诿，更不扯皮。这样的基层干部，让人放心，值得信任。

遥望着窨子沟沟垴里的石窑洞，柯小海想了这许多。

柯小海想完后，他转身过来，走回家去，与老父亲柯雨荣在家匆忙吃了顿囫囵饭，这就又出门找路建民、张军朝他们去了。

临出门时，老父亲柯雨荣感受到了他内心的焦虑，还追着他问了两句。

老父亲问：你心里吃上事情了？

老父亲说：能给我说说吗？

柯小海回转过身，看着他年纪越来越大的老父亲，心里突然有些发酸。他本来想把张浩云书记交代给他的任务，给老父亲说一说的，忍了忍没有说那两件事，而是给老父亲说了句安慰的话。

柯小海说：您只管把心放宽，过好咱眼前的日子就对了。

把老父亲柯雨荣的担心安抚好，柯小海从家里出来，他去了路建民的家，向他说了张浩云书记压给索洛湾村的任务，然后又跑去张军朝的家，向他也说了张浩云书记压给索洛湾村的任务。两位村里的老前辈，把柯小海传达给他俩的那两件事情，才听出个眉目，就都把头摇得像拨浪鼓，表达了他俩的意见，不能支持他养殖什么秦川牛，栽种什么“速生杨”。对这样的结果，柯小海没有进他们两家的门，就已完全知道，他俩是不会支持他搞这两项事情的。他之所以还要找寻他俩，给他俩说，并不是要去求得他俩的同意，而是告知他俩，他也是不得已，非搞不可了。

现在的索洛湾村，是他柯小海当家，最后拍板定调，都是他的事儿。

不过村里那一群养殖了十个年头的肉牛，到这个时候，是必须做个了断了。对于这件事，柯小海可是不能不与路建民、张军朝两位商量的。

商量的结果是，路建民、张军朝两位都很为难。柯小海不要他俩为难，他给他俩说了：你俩往后退，恶人我来当。

柯小海给他俩提出这个问题，就没想让他俩往前冲。他一句“恶人我来当”的话说了后，就把他对这件历史遗留问题的处理意见，和盘端了出来。十年了，那个河南籍的饲养员与咱们村上签订的合同，一天不少地都到期了。咱们索洛湾村对他不薄，二十一头牛，他养殖了十个年头，年年有牛犊出生，年年有老牛死去，养殖到现在，一头牛没有增加，还少了五头，变成如今的一十六头。他把咱索洛湾村的人，当傻子玩儿吗？这太欺负人了，我不能答应，相信咱们索洛湾村人都不会答应。我接班当了咱们索洛湾村的党支部书记，就没少听村里人找我说这件事，大家的意见大了去了。我们是时候解决这个问题，既给那河南籍的饲养员一个交代，也给咱索洛湾村的村民们一个交代。

柯小海把这些话拿到索洛湾村全体村民大会上说了。

柯小海知道，他不把这件事情解决好，下来的秦川牛养殖，就没法往下走。这是推行秦川牛养殖的一道坎，柯小海必须把这道坎推平了，才能开展下一步秦川牛的养殖。

在索洛湾村村民大会上，柯小海说了这件历史遗留问题后，他还把新的养殖秦川牛的事情，给大家开诚布公地也说了出来。他说不解决好历史遗留问题，新的秦川牛养殖还怎么开展？他把这件事情摆到这么重要的一个地位上，就不是他去找那个河南籍的饲养员了，而是有人把话迅速传给了他，把他听得别说睡不着觉了，便是想要坐下来也不能了。

河南籍的饲养员撵着柯小海来了。

还真得佩服这个河南籍的饲养员，他的脸皮足够厚，自己满屁股的屎尿，把自己糊抹得已经没有了个人样子，却还敢给柯小海提他装在心里的一个谋划，说他没有功劳，苦劳该是有的吧。这么多年过去了，村上答应给他解决落户的问题，到现在都只是说在嘴上，没有落实在行动上……他的话还没说完，就把柯小海说得哭笑不得，想不到他还有理了，能够说出那样的话。柯小海既然决定来当恶人，他就不可能跟河南籍的饲养员客气。他打断了他正说的话，义正词严地告诉他，要他不要有任何幻想，自己好好地扪心自问一下：你在索洛湾村为村里养殖了十年牛，但你是怎么养殖的？你自己不知道吗？你睁开眼睛看看，现在与你谈这件事情的人，是我柯小海！我才懒得与你扯闲呢！我告诉你，你现在只有一条路，把剩下的牛，老老实实地交出来，你赶紧离开索洛湾，小心我与你没完。

河南籍的饲养员在来见柯小海时，可能还有些幻想的，被柯小海这一通劈头盖脸的训斥，他当下就蒙了起来，结结巴巴还想狡辩一下的，柯小海就没有让他狡辩得出来。

柯小海连珠炮似的继续训斥着他，说：你别给我讲你有什么背景，别给我讲你有什么后台，在我跟前都没用。

柯小海说得斩钉截铁，他说：还有一条路能走，就是咱们上法院，你去告我，或者我去告你。

柯小海说：相信有一条罪状很适合你，你就等着吧。

33

河南籍的饲养员清楚柯小海的为人处事，与他硬抗，到头来绝对没有他好果子吃，即便他侥幸还能落户在这里，恐怕也难被村子所接受了。但他没有死心，装得多么委屈似的，高高壮壮的一条汉子，从眼角还挤出两颗泪水来，扯着泪声央求柯小海，要他给他两天时间，他再想想，看哪里有他走的路？

柯小海没再说啥，他起身走了。

在他起身走的地方，柯小海发现了一个黑色的塑料包。他不管塑料包里是什么，拎起来，撵着出了他家门的河南籍饲养员，照着他的屁股就摔了去。

柯小海为此极为愤怒，认为这是对他的侮辱，就还追加了两句话给了他。

柯小海说：你把人认错了！

柯小海说：给我玩什么花花心肠，没门。

两天不到的时间，河南籍饲养员乖乖地同意离开索洛湾村，但请求柯小海，过去的事情，就都过去吧。

得饶人处且饶人，柯小海没有和他再做任何计较。

处理了这件村里的历史遗留问题，柯小海再次召开村民大会，首先向村民们通报了事情解决的全过程，给大家说，那是卡在咱们村里人喉咙眼儿里的一口痰，咱们把那口痰吐出去，让咱们的喉咙眼儿没有障碍地呼吸新鲜的空气，是再好不过的事情呢。他说他与村里的干部商量过了，原来的二十一头牛，现在只剩下了十六头，而且也都老了，没有繁育的能力了，咱们就全部卖掉。卖掉老牛，咱们就响应县上和镇子上的号召，养殖秦川牛。这一次的养殖，是必须吸取教训的，不能再请他人给咱们养殖了。那就像咱们烙好一个大饼，自己不去吃、不去尝，让不靠谱的人代咱们去吃去尝，咱们是傻呀！这一次咱们就自己来养殖了，在咱们村里选拔合格的饲养员，咱给咱的饲养员发工资，像城里的公家人一样，一月一发，让咱的饲养员按月领上哗哗响的钱票子。

对于柯小海的这个安排，村民们是很欢迎的，报名要当饲养员的人也都十分积极。

把这件棘手的事情安排好了，柯小海在村民大会上还说了“速生杨”栽种的事儿。不过他没有把这件新生事物，给村民们压，说了说后，也听了听大家的意见，看来一时半会儿不好与大家沟通，他就自作主张地告诉大家，上级下达的这项任务，就不给大家添乱了。

柯小海最后说：我自己承租村里五十亩荒地，完成上级下达村里的“速生杨”栽种指标。

张浩云书记之所以把那样两项任务给柯小海肩上压，瞄准的就是他的这一股子抓落实的劲头。

五十亩“速生杨”的栽种，柯小海既然给村民们表态，由他一人承担，他便与村里的干部，包括路建民、张军朝，选择了村里偏僻一些的荒地，自己就干上了。树苗儿是县上提供的，人工就需要柯小海想办法了。幸亏他不仅在村里有了很强的号召力，便是在相邻的村子里，也有他的铁杆儿拥趸，自觉赶到他承租的荒地里，帮助他把“速生杨”栽种下来……本来是件谁听了都是件冒险的事情，风险难以预估。然而有苗不愁长，柯小海因为要忙村里其他的事情，把“速生杨”栽种下去后，没怎么照管，却在当年，都呼呼啦啦风摇着长高到三四米以上，粗点儿的，也有胳膊一般了呢！

“速生杨”是一种纸浆用材，要的就是长得快，快长快伐，好为国家用纸提供原料。

没有栽植“速生杨”的时候，不知道会长得那么容易。

但在这容易的后边，柯小海贷款投入了不少钱！

张浩云书记到索洛湾村来视察调研，他看了柯小海的“速生杨”，夸他栽种得有成效，便打算把柯小海为栽种“速生杨”所担负的债务和压力，给村里人说说的，柯小海把他挡下来，说张书记知道就行了，千万不要给村里人说，那会使村里人难堪的呢。

张浩云书记压给柯小海的两项任务，“速生杨”算是没有给他丢人。但这不是最关键的，关键的是秦川牛养殖。

柯小海说服索洛湾村村里人，把卖掉那群老牛的钱，用在了给秦川牛搭建养殖基地上，一千平方米的养殖场，容纳了新购回来的四十六头秦川牛……秦川牛入圈的日子，别说柯小海不离左右地在养殖场上，路建民、张军朝他们，还有村里关心这件事情的人，都来到了养殖场，听见、看见那一群秦川牛，真是不同于别的什么牛，一头一头，都特别地有气势，雄壮而威武，好不喜人！

当然这要归功于上级的关心与支持了。

《黄陵县县志》对此有比较明晰的记载，白纸黑字，言说2002年8月的时候，由延安市老区建设委员会牵线，黄陵县政府与昊地公司达成协议，采取“公司+农户”的养殖模式，在黄陵县域建设一个大规模的秦川牛养殖基地。协议规定，三年时间引进秦川基础母牛5000头，建设肉牛育肥基地一个……协议中还规定昊地公司负责为农户协商贷款指标，并负责牛的配种、防疫、治病等技术服务。

县志的这些描述，让人看来，的确是一项很有吸引力的致富工程。

然而人算不如天算。这么好的一项致富工程，却在实践中遇到了非常大的问题。不只他们索洛湾村养殖着的秦川牛出了状况，别的村庄养殖的秦川牛也出了状况。那些个宝贝疙瘩，八百里秦川倒是长得生龙活虎，好不威武雄壮，但它们不能适应山地的自然环境，养殖在饲养场里，不仅饲养员把它们都当成了摇钱树来伺候，便是还要忙其他事情的柯小海，也把他的大部分时间，熬在养殖场里，小心仔细地喂养着它们，把它们可是娇贵得了不得哩！过去了半年时间，不见它们壮起来，倒见它们一天一天地瘦……柯小海是真急了！他把秦川牛的养殖情况，嘴头子上给镇上报告，给县上报告，他得不到应有的回答，就还书面向上报告了。他的报告叫来了秦川牛养殖方面的专家，钻进养殖场里，给秦川牛做了全面的诊断，就是找不出问题的根源来，秦川牛就只有继续地瘦，瘦着瘦着还开始死亡！

事情过去了十七八年，柯小海给我说起养殖秦川牛时的情景，依然心如刀割，特别难以释怀。

柯小海说他那个时候夜不能寐，想要去秦川牛养殖场里，但又怕见秦川牛，就远远地聆听秦川牛的呻吟声，他的心里充满了悲伤……养殖场坚持办了些日子，终于难以再拖，就把剩余的秦川牛作价，用抓阄的办法，分配给了私人家庭喂养。

好在县上和镇子上，都很理解村里的难处，把养殖秦川牛的贷款，以及别的什么费用，都由县上统一处理掉了。

秦川牛的养殖没能成功，但有一曲为养殖秦川牛的信天游，却历史性地流传了下来。我在索洛湾村采访，就还听人唱了一回哩。

还别说，那曲信天游十分好听：

亮一亮嗓子定一定音，

我把咱索洛湾村唱上几声。

骑好马来穿新衣，

我的那妹妹实在美。

……

绕过那山梁梁拐下个沟，

这搭哩没人呀咱拉话话。

牛犊子撒欢羊羔羔跳，

哪搭搭都不如咱这山沟沟好。

34

尽管如此，柯小海没有灰心，他依然坚持走集体经济发展的道路。

这是因为他在主持村里全面工作的时候，养殖秦川牛是一个方面，他还利用养殖秦川牛的机会，获得了各级领导给予索洛湾村近二十万元的其他产业扶持，让他有能力组织村里的青壮年，建立了一个小型的工程队，向有工程的单位与机关，承包他们的基建任务，已经为他们索洛湾村带出了一支不错的建筑工程队。

柯小海的脑子好使，他还多方调研，准备着开发索洛湾山林里的石头茶，以及野蜂的养殖等。

一切都还在摸索实践中，却突然地爆发了一场大洪水，使索洛湾村瞬间陷入了一场难以自拔的天灾中！

天气预报中的“华西秋雨”，是一种相对特殊的气候环境，给陕甘子午岭一带造成了持续大雨过程，特别是2003年秋季的时候，老天如同断了肠子的一头巨兽，使沮河源头在个别时段的降水量，达到了50毫米以上，迅速形成一股不可一世的洪流！

那是8月26日的时候，洪峰的数值已经达到每秒200立方米以上！沮河形成的洪水一泻千里，泛滥肆虐，整个沮河流域变成一片汪洋……索洛湾村位于沮河的上游地带，是最早遭受到洪水灾害的村组。那天，经常忙得不着家舍的柯小海，恰好还在村里，他冒着瓢泼的大雨，出门来就近查看了他家所在村组的情况后，心系别的村组，就驾驶着他的私家车，往周边的其他村组撵了去。开始走着时，虽然更上游的地方下来的洪水已经很大了，但还不是特别严重，可他巡查着，这就发现洪水在不断地爬升，都已把沮河的河道灌满了，并往岸坝上扑……情况紧急，柯小海把索洛湾村的每一个村组都巡查了一遍，他不敢大意，掉转车头，打算把车开着上双龙镇上去，向镇子上的领导汇报。可他刚刚把汽车开到出村的那座大石桥边时，只见扑面而来的洪水，仿佛倒向他的一堵水墙似的，把他惊得猛然一脚刹车，把车子晃晃悠悠刚好停住，就见大石桥轰然垮塌下去，没入了滚滚滔滔的洪水里，不见了踪影！

汽车是不能再开了，丢在原地，哪怕被洪水冲了去，柯小海也是顾不上了。

柯小海这个时候能想到、能做到的，就是跳下车子，涉水往村委会那儿跑了。他要轻装跑动，那样能够跑得快一些，他要跑去村委会打开高音喇叭，向全体村民呼唤，要大家迅速往村外跑，跑去地势相对高点儿的山坡上！

柯小海喊叫得声嘶力竭，他高声地喊叫了好多遍。

柯小海喊到后来，他扔掉高音喇叭，从村委会办公室窜出来，还去村子里各家各户的门口大喊大叫……已经撤退上到山坡高处的索洛湾村群众，都看得见，柯小海是那天跑出村来的最后一个人。他在前边跑，洪水跟着他的屁股撵，几乎是汹涌的山洪追着他、撵着他，把他逼着跑上山坡，与村里的群众会合在了一起。

柯小海当时还不知道，镇党委书记的张浩云正在县里开会，得到镇上留守干部的电话报告，从会场上出来，驱车往双龙镇赶了……他紧赶慢赶，赶到店头镇时已经不能再赶了。他想借用店头镇的电话，与各村取得联系，但是不仅所有的交通断掉了，还有通信也都已断掉了。张书记没有了别的办法，他就只有徒步往双龙镇回了，原来二三十分钟的路程，他那次走了四个多小时。赶回到双龙镇来，他看到洪水还在持续上涨，他因此召集镇子上全体干部开了个非常短的小会，分工下来，都去各个村子查看灾情……分工来索洛湾村的是镇长朱小虎，他与同组的党小利、胡斌等四个人，在泥泞中跋涉了两个钟头，这才看见了索洛湾村。

他们之所以来得迟缓，原因是要走的道路全被洪水冲毁了。

朱小虎他们唯有沿着山坡，一边开辟道路，一边往来走。他们走到了索洛湾村，可是只能望着洪水中的村庄，而不能再前进一步。两座通往索洛湾村的路桥，都被洪水冲断了。

索洛湾村成了洪水里的一座孤岛。

站在沮河洪流一边的朱小虎他们，看得见柯小海正在组织村民开展自救活动。大人背着小娃，老人赶着牲口还有猪呀、羊呀、鸡呀什么的，都慌慌张张地与人偎在一起，趴在对面的山坡上，等待洪水退却……柯小海在他们中间，浑身烂泥，像个从泥水里爬出来的能够走动的泥塑。他听到了朱小虎他们的呼唤，就从他们索洛湾村的村民中走出来，走到距离朱小虎他们相对近点儿的地方，大声地向朱小虎报告村里的情况。他当时没有说村里的经济损失，只说他们索洛湾村一人不少，全都撤退到了高处的山坡上。

朱小虎那个时候最关心的就是村民的生命安全，他听到了柯小海的汇报，便把一颗悬着的心放了下来。

村民们的生命没有出现状况，但村民的财产，受到的损失可是毁灭性的。在柯小海的指引下，朱小虎镇长他们从一根天然气的管道上，小心翼翼地爬过沮河的洪流，并在柯小海的陪同下，走到索洛湾村的村口上，眼见整个村子如同汪洋，村子里的大部分房屋，还有温室蔬菜大棚，以及蘑菇、香菇、木耳养殖基地，差不多也都被洪水所淹没，受灾情况非常严重。

农民有点财产不容易，一坛一罐都是宝！

天黑下来，柯小海陪同朱小虎他们，在山坡上走访了每一个村民，帮助他们在半山上老窑洞里，安下了身子。

村民可以暂时地休息下来，但柯小海与村里的干部，还有党员和村民骨干，却都没有休息，他们大家在柯小海的带领下，坚持不懈地抢救群众的财产，想要把洪水造成的灾害损失降到最小。自清晨起，到半后夜，参加抢救村民财产的柯小海他们，虽然没有进一口食，却没少落泪，他们的心疼痛极了！他们越是心里疼痛，行动上就越是卖力……柯小海在我采访他时说起当时的情况，他说党员领导干部，在那个时候，就是村民的主心骨，群众需要他们挺起身来，他们就必须满足群众的需要。

洪水来得太突然了，不只柯小海他们村干部与村里的党员们，忙到夜半未能水米进嘴，逃跑上到山半腰的村里群众，也都未能水米进嘴。这样的一个状态，一直持续到第二天，才由朱小虎与柯小海他们镇村两级干部，四处努力，给大家找来方便面、饼干等食物，逐户逐人地送到嘴边，让大家吃到了一顿饱饭。当时，村里人手捧方便面，或者饼干，忍不住都哭了！

柯小海听到了村里人的哭声，他安慰大家不要太难过。

柯小海说：家没了，只要人在，还能有家！

柯小海说：在这个困难的时刻，与咱们在一起的还有党和政府领导哩，大家不要怕。

柯小海说：洪水过后，咱们要建设一个让大家满意的新家园！

35

这次大雨从 8 月下旬一直持续到了 9 月 8 日才结束。

柯小海在这期间，一步没有离开过索洛湾村，他始终与大家在一起，抓住一切可能的机会和条件，为村民抢救财产，安排村民的食宿，协调道路交通……那条可以通往别处的天然气管道，在这个时候，是索洛湾村连通外边的唯一出路，悬悬地高架在空中，柯小海每天爬在上边，要来来回回爬好几趟，圆圆的天然气管道，又湿又滑，如果爬得不小心，有个闪失滑脱了，人就会跌进洪水里被冲走！

我在采访中，从没听到柯小海说他那个时候的事情。

我是听村里人给我讲的。他们讲给我听的时候，我的脑海里浮现的是中国工农红军二万五千里长征时，抢渡大渡河的情景，那时的枪林弹雨，在柯小海在天然气管道上来回爬着时，变成了雨林泥丸，两者虽然有着环境的区别，但其性质没有什么不同，都是为了群众的解放和群众的利益。

我是忍不住了，问了柯小海一句：你当时就不害怕吗？

柯小海一副过来人的感觉，他十分轻松地告诉我：你不看我个头低，灵活防滑。

我被说得笑了起来，就追着问了他一句：就只你个头低吗？

柯小海害羞地一低头，就说：咱是党员村支书，这个时候，咱不往前谁往前！

国家的救灾物资，包括米、面、油，也是要从天然气管道上来回过的。爬了几日天然气管道的柯小海，似乎爬出了自己的心得，只要有物资到达沮河对岸，柯小海就选拔几位与他相似的小伙子，从天然气管道上往村子里转送了……这种空中来、空中去的日子，经历了快有一个月，直到沮河的洪水退下去，柯小海这才找来一些木料，在沮河上搭了一座浮桥，结束了他在空中往来的历程。

村里的学校要好办一些，村里在双龙镇上中学的娃娃，开学了要过河，这座浮桥起了大作用。即便如此，柯小海依然不能放心，他每天赶在村里的中学生要过浮桥去双龙镇，就早早地来到浮桥的这一边，肩背手扶，帮助娃娃们过河上学去；娃娃们放学回村来了，柯小海还要早早地赶了去，站在浮桥的那一边，把娃娃们再次肩背手扶，帮助娃娃们下学回家来……柯小海那么坚持了十多天，直到洪水完全退去，娃娃们来去双龙镇中学读书没有了大困难，他才停下了护送娃娃们的举动。

这件事过去了十六七年，我在索洛湾村里走访，村里人还要不断提起。还有与柯小海情深谊厚的张浩云老书记，什么时候想起，什么时候说。

张书记当年在延安市电视台的专题报道中就说了：桥断了不怕，路断了不怕，党和人民群众的心不断，一切事情都好办。

张书记还说：索洛湾村支部书记柯小海，就是一座联系党和人民群众的好桥梁。

第八章

速生杨的选择

36

“吃一堑，长一智”这句老话，在柯小海的潜意识里，成了一个忌讳。

不独柯小海如此，从泥泞中走出来的索洛湾村人，似乎都很忌讳这句老话，好像谁这么给他们说，不仅是对他们智商的侮辱，更是对他们尊严的一种羞辱。头一次养殖肉牛失败了，傻子一样没有间断地又失败了一次，这样吃上一堑又一堑，咋就不会吸取教训呢……其中的问题，他们可以往上推，自有大个子来顶的，但那就不是索洛湾村人了。

厚道的索洛湾人，不管多么不堪的教训，最后都是自己来扛。我在索洛湾村采访，对此有着切肤的感受。如我不知就里地对他们经历的教训，说出那句他们忌讳的话，当即遭受了几位采访对象的白眼。不过他们倒是没有给我难堪，因为他们有着一种山里人特有的品性，原谅他人比原谅自己要容易一些。譬如柯小海，在第二次养殖秦川牛失败的时候，他会想起那位河南籍的饲养员，反思自己对他是不是太严厉了！

怀着这样的一种负疚感，年轻的索洛湾村支部书记柯小海，待人处事一下子温和了起来。

这是个教训后的收获呢！对柯小海是如此，对索洛湾村里的所有人都是如此，他们从一次一次的教训中，懂得了“长安不是一日建起来的，胖子也不是一口吃出来的”。要想致富，必须脚踏实地，一步一步地走，天底下没有太多捷径可以走。

他们聊以慰藉的是，结合索洛湾村的自然环境，还有村民的生产生活能力，柯小海先在村子里施行的那“四项”致富措施，倒是取得了不错的成效。譬如蘑菇、香菇和木耳的养殖，稻田鱼儿的养殖，以及温室大棚蔬菜和山地特色蔬菜的种植，就都非常成功有效，尤其是温室大棚蔬菜的种植，迅速上到一个很高的台阶，其销售量，几年来在当地稳坐头一把交椅；还有稻田养鱼，也迅猛地发展着，为了满足市场需求，村里还开挖了二十多亩的专业鱼塘，用以养鱼了……为了更好地种植温室大棚蔬菜，他们征得多方面的支持，适时建立了索洛湾村蔬菜协会，大家互通有无，在这样的一个平台上，既交流实际的种植经验，还交流市场心得，使得他们索洛湾村的村民经济收益，大幅度地得以提升，2002 年年底，人均纯收入就达到了 6500 元。

农业人口的年纯收入基数达到这样一个水平，别说索洛湾一个山区村庄，便是条件与机会都优于他们的平原地区村子，也还很少达到呢。

世事就是这么蹊跷，苦难来的时候，不会只来一趟。而好事来的时候，亦然会接着来……2003 年 7 月，一个爆炸性的消息，传进了索洛湾村，那就是黄陵县煤业集团二号矿将入驻索洛湾村。

37

难得的一个大机会呀！

柯小海可是太知道他们索洛湾村下来怎么发展了。那就是很好地配合这家国有大企业，让他们在索洛湾立好足，快上马，创效益……不过，有许多现实的问题，也因为这家国有大企业的到来，需要柯小海认真面对呢！

国有大企业来了，他们不能在空中搞建设呀。征用土地即是头一件要做的事情。他们大企业选择的地址，是索洛湾村村东那一片，那里地势平坦，恰好是他们村种植优质水稻的地方呀！他们来了，索洛湾村人想着种植他们的特色水稻，也好给自己多添加收益哩。如果都被占用了去，他们在哪儿种植水稻？又怎么来挣他们大企业的钱呀？

各种议论纷涌而起，说狼说老虎的都有，让柯小海听来，谁说的都有道理。

天翻地覆的一场变化哩，就这么赶在了柯小海的面前，他是兴奋的，又是忧虑的……柯小海这种兴奋忧虑的心态，仿佛被镇党委书记张浩云窥探透了似的，他把他叫去了。

在张浩云书记那里，柯小海看到了一份黄陵二号煤矿的详细材料，知道这座煤矿的规模是巨大的，前期探测的地址储量就达9.45亿吨，可开采量6.4亿吨。矿井煤层厚度平均为3.39米。煤质优良，属于环保动力煤，以及炼焦配煤，更可以用作气化、低温干馏等煤炭深加工原料，产品销路极其广阔。设计年生产能力在千万吨以上……张书记让柯小海看着二号煤矿的基本资料，给他在一旁说上了。

张浩云书记说：知道我为啥把你叫到镇子上来吗？

柯小海匆匆地把资料浏览了一遍，他听到张书记问他话，也不客气，就给他回话了。

柯小海说：我们索洛湾村是要抱上金疙瘩了呢！

张浩云书记在与柯小海交谈之前，他是还有些疑虑的。村子刚刚遭遇了那一场大洪水，一切都在恢复中，突然地给他压担子，要他全力配合二号煤矿的新建工作，怕他思想上会紧张，从而想不开，产生抵触情绪，那就不好办了。所以在他把柯小海往镇党委叫的时候，自己已经做了不少功课，以便遭遇困难时，来说服柯小海。可他仅与柯小海见面开了个头，多的话还没说，就得到了他积极的呼应，这让他一时都不知道怎么往下说了呢。

张浩云书记一时不知道怎么给柯小海说话，是因为他的心里老是惦记着秦川牛的养殖问题，总觉有愧，亏欠着柯小海与他们村；而柯小海一时也无话可说，是因为他们村贫困潦倒了许多年，却不承想，在他们的脚底下，竟然踩着的都是黑金财富！

一杯热茶是张浩云书记早就泡好的，柯小海来了，要送到他手上让他喝的。但却忘了，张书记这时看见了那杯茶，使一向沉稳的他，都觉好笑……而他还就真的笑了起来。这一笑，把他想要给柯小海叮咛的话，就都热辣辣地往他喉咙眼儿上涌，他给柯小海说上了。

张浩云书记说的话，差不多就都是他在县上接受任务时，说给县上领导的话。因为县上领导多有顾虑，作为双龙镇的地方主管，张浩云打着保票说，索洛湾村的干部素质不错，特别是支部书记柯小海，讲义气，重感情，群众都很拥护他。这些年在他的带领下，村民们也都觉悟很高，很讲团结，也讲原则。前些日子爆发的那场大洪灾，对索洛湾村的干部与群众，就是一次考验，他们不会胡来，而且是还会支持煤矿建设哩！

在县上的领导面前，张浩云书记是夸下海口了。然而具体落实，他是想了的，不出几身大汗肯定不成。

张浩云书记给柯小海把他在县上领导那儿说的话，和盘托给了柯小海，他要他表态了。

柯小海能怎么表态呢？他问了张浩云书记一句话。

柯小海问：有期限吗？

张浩云书记是瞌睡来了，就有柯小海给他递枕头。他回答他说：当然有了。

张书记说：我给县上领导立下了军令状，一个月完成征地任务！

张书记说：我还给县上领导保证，绝对不出事故。

张书记说：柯小海啊，我给县上立下了军令状，你呢？

柯小海没有想到，张浩云书记一口气给他说了那么多话。而且句句都是军令状。他给县上领导立下了。现在是到他来立军令状的时候了，他能不给张浩云书记一个干干脆脆的答复吗！

柯小海说话了。他说：请书记放心，索洛湾村不会拖了县上重点工程的后腿。

柯小海说：我马上回村里去，动员村民为工程建设让路。

保证好下，工作难做。这一点像张书记给县上领导立军令状时一样，他是满口应承下来了，但他知道面对村里的群众，要说服大家，一起为煤矿工程服务让路，绝对不是个好做的工作。特别是大家刚从一场大洪水的灾难中缓过气，还没有全部恢复正常的生活，就又是征用土地，大家一定不会很快活。祖祖辈辈居住在这里，哪一年，哪一天，离开过土地？土地就是村民们的命根子，吃饭靠土地，穿衣靠土地，便是娶媳妇嫁女生娃娃添人口等等事情，靠的可不都是土地！谁愿意眼睁睁看着自己的命根子被征走，那不是在夺自己的饭碗？在扒自己的衣裳？在断自己的后路吗？即便会给些补偿款，但是有个料想不到，遭遇个不测，凭那点儿补偿款……哎哎哎哎，就是说大家的头不是铁箍着的，大家的身子骨不是铁打的，出个不测，出个意外，坐吃山空，又能吃几年？穿几年？可是土地就不一样，不论这个世界怎么变，土地还是土地，到什么时候土地都能供应吃，供应穿，供应农家生活的一切。

柯小海在从双龙镇回索洛湾村的路上，他的脑子里乱乱地就想了这许多。

柯小海没有白想，他回到村上来，没像过去遇事先给大家开会通报，而是放出风来，让村里人自己消化，等着个适当的时机，再与大家一起商量……柯小海的这个办法不错，他不给大家开会，听到风声的村里人坐不住，相互交换着意见，就都纷纷找他来了。

对于这样一个现象，柯小海在他心里给起了个名字，叫“放线钓鱼”。

结果是不错的，村里人来找他，无不忧心忡忡，说他倒是沉稳，那么大的一件事情，村里都炸了锅！你却什么话也不说，你让大家抓瞎吗？你快不敢这样了呢，小心村里人吃了亏，亏大了可咋办呀！村民们这一急，柯小海就好办了，他给大家说：咱们把公家的大事情挡得住吗？那么大的一个煤矿，镇子上的领导，县上的领导，可是都出马了。他们把建设大型煤矿选址在咱索洛湾村，咱们没有讲价钱的余地，唯有积极配合，才可能有咱们的好果子吃。如果咱们处处掣肘，事事下绊子，惹恼了上级领导，人家不在咱这里办矿了，咱们找谁说理去？柯小海欲擒故纵，村里人来一批，他给他们说一回。柯小海事后想他也是够绝的，许多瞎话，从他嘴里给村民们说的时候，连个磕绊都不打。这是因为他不召开群众大会，而是在家里把账算了又算，他算清楚了，二号煤矿在索洛湾村筹建，怎么说都是一个千载难逢的好机会。他甚至想了，索洛湾村走出贫困，走向小康，配合煤矿的建设，是最见效果的出路，没有第二，只有唯一。

不存私心，不枉私情，不出事故，实事求是，公正公道，开诚布公，透明以对……柯小海在心里定下了这样一条铁的纪律，既与二号煤矿协商交道，又与村民们交道协商，管好用好征地款，一方面对得起煤矿，一方面对得起村民。

对得起煤矿，就是按时按点、保质保量供应给他们所需的土地。

对得起村民，就是合情合理、应规应定地分配好土地补偿款。

38

柯小海前期的工作没有白费，他把村民们的许多不解，还有疑虑，一点点地消化着，感觉时机是差不多了，就报告给了镇党委书记张浩云，让他绕道到村里来，与村民们见面了……见面会虽然也发生了些波澜，但都不大，全在可控范围内，并很快地与村民们做了沟通，取得了村民们的谅解，由村两委出面，来为黄陵县二号煤矿解决一切需要解决的问题。

那天的柯小海，特别有担当，他趁着张浩云书记在会上的机会，还向村民发布了一条纪律，那就是与煤矿上发生一切业务，村民如有疑问，只可以找村委会反映，不能够擅自行动，干扰煤矿建设筹备组的工作……宣布了这项纪律后，柯小海还向村民们宣传：我们失去一些土地，并不是就失去了我们的饭碗，失去了我们的穿着，失去了我们的体面，绝对不是。我今天把话说得透彻一点，想要与咱们大家讨论，我们过去都是农民。是农民的时候，我们最向往的是什么呢？是人家穿着四个兜兜（中山装）的干部和工人。大家如果能够看得远点儿，可以看得见，咱们索洛湾村世世代代的农民，就要过得比他们干部工人还要洋气的生活哩。

柯小海说得兴起，最后给大家说：时间不会太久，大家等着看好了。

索洛湾村的村民听了柯小海的话，他们首先等来的好消息是，柯小海对他种植的五十亩“速生杨”的处理决定。因为黄陵二号煤矿征用的土地里就有他的五十亩“速生杨”，当时栽种“速生杨”时，村里人是都没有愿意的，柯小海为了不给大家添麻烦，他自己贷款买的树苗，而后承租了荒地，又雇请了人栽种进去的。对此大家无人不知，无人不晓。煤矿要征用了，赔偿的款项，既有土地的，也有青苗的。土地的那一部分没啥好说，归村集体所有；而青苗的部分，当然也没啥好说的，谁投资就是谁的，柯小海当年出的资，自然也就由他个人所有了。但他却没有，在村民的面前，他豪迈地说出了这样一句话。

柯小海说：“速生杨”是我投资的没有错，但我不能一个人独得赔偿。

柯小海说：就都归入大集体的赔偿中好了。

这是什么话呢？任谁听到柯小海说了这样的话，都要在内心打上一个问号呢。他是傻了吗？还是脑子出了毛病？赔偿款已计算出来了，三十多万元哩！那个时候几乎就是个天文数字了，他张嘴一说，自己一分钱不留，全部留给村集体，人里头有他这样的人吗？

开始的时候，索洛湾村没有人能相信。

与柯小海走得近的几个人，站在柯小海的立场上为他也做了设想，劝说他可不能意气用事。那么大的一笔现款，不是儿戏，你别是怕钱多了烧手！而且你也不是多么有钱，都留给大集体，你怎么办？

疯了！疯了！柯小海是疯了啊！

柯小海对大家的关心表示了充分的理解，他给村民们做工作了。说他没有疯，他清醒着哩。

柯小海这么给村民们一说，还怕大家疑惑不能相信，就进一步地解释了。说他说的绝对是真心话……柯小海在给大家这么解释的时候，是在一次村级两委会上，当着全体村干部们说的。柯小海说：我们索洛湾村是个集体对吧？集体就要有集体的样子，没有集体的积累，没有集体的资金，集体还怎么运作？所以我要把这笔资金留给咱们索洛湾村的大集体，让集体的腰杆硬起来。集体的腰杆硬朗了，群众，特别是困难群众，就有了靠头。我是多方面想了的，咱们索洛湾村集体有了这一笔资金，不是平均分发给个人的，而是要借此发展集体经济，把这笔钱用到该用的地方，让钱来赚钱，让钱来生钱……赚的钱多了，生的钱多了，再按照村民的需要，分配给村民。

柯小海的考虑非常全面，也非常深远。他是把他“速生杨”的赔偿款，留给村集体，作为一个由头，来说服动员村里的人，不要都眼瞅着土地赔偿款，全部分掉完事。那么来想来做，只能说是小农经济的眼光，我们可以把赔偿款集中起来，大投资，大收益！

柯小海有理有据地给村级两委会的干部描述着大投资的前景，他说得大家沉默了。

在此之前，欲把赔偿款一分不剩地分配给全体村民，他们干部队伍中也是大有人在……柯小海先在村级两委会上表达他的意见，就是为了能够很好地统一村干部的思想。应该说，柯小海的想法，初步见到了效果。他因此就进一步地给村民们做工作了。

柯小海对沉默着的村干部们说：大家关心我，要我给自己留点青苗补偿款，是都知道我也有困难的。不过，我的困难都是过去的事情了。

柯小海说：我不能只顾自己的小日子过得好。

柯小海说：只有索洛湾村全体村民们的日子都过好了，才是真正地好。

柯小海说：咱们都是共产党员，都是村里的干部。我要说了呢，咱们把各自的能耐都无所保留地用在这个方面，让村子里的群众说话，说咱们是有能耐的班子，是有能耐的人就好了！

这就是柯小海为“速生杨”所作的选择。

39

村两委会会议最后的决定是，柯小海的“速生杨”赔偿款进入集体资产，土地征用的款项按4∶6的比例分配，村集体预留百分之四十，分配村民们百分之六十。这样一来，加上秦川牛养殖扶持款的10万，以及别的扶贫资金，索洛湾村集体的账户上，累积的集体资金破天荒地达到了200余万元。

乡村社会里有一句非常有趣的说法，就是有了钱，给钱找下家是困难的。

这句话的意思，我在乡村生活了许多年，开始时不怎么清楚。后来知道了，就是不能让钱躺钱匣匣里睡大觉，而是要想出办法，让钱活起来，能颠能跑就能钱赚钱，钱生钱……索洛湾村的村集体，什么时候能有这么多钱？从来没有过，现在有了怎么办？村子里家家户户，所有的人都瞪圆了眼睛盯着那笔钱呢！

身为索洛湾村的当家人，柯小海自然看得见大家操心那笔钱，而他也很欢迎大家操心那笔钱。大家都为那笔操着心，才能把钱用在该用的地方。

那一场大洪水给索洛湾村造成的伤害与破坏，是非常巨大的，与外界连通的两座桥冲毁了，需要重新修建；村子的街道，还有当年整修出的村级公路，也都冲毁了需要修建；村办学校的校舍、围墙，因此也得加强……灾后的重建任务十分巨大，没有一件是小钱就能办好的。这些都是柯小海要考虑和做的，但不能把村集体累积下的那笔钱都花进去，因为他有更大谋划哩。

那个大谋划，就是依托黄陵二号煤矿的开发建设，要使索洛湾村的剩余劳动力融入进去，既成为煤矿建设的参与者，又成为煤矿建设的收益方。

柯小海刚刚担任索洛湾村的干部时，他为新建村办学校，就拿出了一支虽小，却也具备承揽工程的施工队。现在是施工队大显身手的时候了，把他们组织起来，先来修建村子遭受洪水灾害而毁了的桥梁、村道、道路及学校校舍的新建与维护，使自己的施工队再锻炼锻炼，多长点儿本领，下来就要进军煤矿，在煤矿上找到他们可以施工的合同了。

唯有如此，才能实现钱赚钱，钱生钱的目标。

方针与方向的确定，是走向成功的根本。在柯小海带领下，他们热火朝天的灾后重建工程，一项一项地进行着，不是原来凑凑合合的那一种重建，而是高水准、高质量的重建。每一项工程的建设，参与进施工队的村上人，都必须有专业的培训，不达到一定的技术标准，就不能上手施工，只能在小工队里筛沙子、和灰浆、端石头、搬砖头，做些力所能及的粗笨活儿。不要小看柯小海的这一措施，对村里人的激励作用大了去了，村里的小伙子在工地上干活儿的时候，他得鼓足干劲完成分内的活儿，吃饭休息的时候，依然不去休息，要蹲在灰浆池边，搬上一大摞的砖头，练习抹灰砌砖……村子的灾后重建工地，成了最为有效的练兵场和最为有用的实验基地。

参与了村子灾后重建的索洛湾人，成了技术过硬的施工队骨干，他们有能力承担一些不是特别复杂的工程施工了。

煤矿上不少这样的工程项目，也急于找寻他们这样的施工队来做。像一号风井建设的前期，必须要先修通一条公路以方便后续建设。这其中就还涉及索洛湾村的一段道路，以及部分村民的鱼塘、林地等。矿上的负责人开始时，找了县上的公路局，和双龙镇政府协调解决问题，但他们几方协调了好几个回合，除了浪费掉不少时间，一点进展都没有。县公路局及双龙镇政府的领导，想到了柯小海，他们建议矿上不要再找他们了，去找柯小海也许是最能解决问题的呢。一语提醒梦中人，矿上的负责人找柯小海来了，他们给柯小海说了他们的困难，柯小海安慰他们说：咱们现在成了近邻，邻家的你们有困难，也就是我们索洛湾村里的困难，只要咱们相互信任，互通有无，就没有解决不了的困难。

柯小海一番话说得矿上的负责人有些脸红羞愧，他们给柯小海点着头说了。

他们说：那段路村上给咱出面来修吧。

他们说：资金不是问题，我们要的是时间，越早修通道路，矿上就能越早投入生产。

他们说：还有鱼塘、林地的征用问题，就都拜托村上了。

柯小海听他们说完，没有怎么讲价钱，就一口答应下来。他说：企地合作，企地共建，是个好办法哩。

柯小海说：我可以保证，绝不耽误矿上建设的时间。

一件县上、镇子上千般沟通、万般协调，都无法解决的问题，就这么在柯小海的嘴边，三下五除二地解决好了。矿上的负责人当即与柯小海商议着具体的解决方案，最后达成协议，工程由索洛湾村集体出面承包，矿上出资出建材，安排专业人员督促检查，验收工程质量与进度，到时保质保量交付矿上使用。

对于索洛湾村来说，这是一件开天辟地的事情呢！

柯小海答应下来容易，要一项一项地实施还是要他出几身汗水的哩。首先有个施工队的资质问题，能不能够承接这样的工程施工？下来就是鱼塘、林地的主人，他们虽然都是索洛湾村里的村民，但土地承包责任制，政策性地确定下来，不允许随随便便地取消人家的权益……问题一件又一件，柯小海没有被问题所干扰，他跑了县公路局，跑了双龙镇政府，以红头文件的方式，从公路局跑来了施工队的资质许可，从双龙镇政府跑来了财政审计保证。有了这些措施做基础，柯小海与拥有鱼塘、林地使用权的村民研究征用补偿事宜，村民狮子大张口，但柯小海给他们耐心细致地做工作，最终以矿上料想不到的低价完成了征用工作。

皆大欢喜……矿上与索洛湾村，以及柯小海都很满意前期的这些准备。

议定好的合同放在了矿上和索洛湾村的办公桌上，他们分别签好字，下来就是具体紧张的施工了。索洛湾村历史性地投入一项承包工程，村里的剩余劳动力全部组织起来了，柯小海可是不敢大意，他请来了几位懂技术，又有丰富施工经验的人，充实进他们的施工队里来，避免了盲目施工的危险，使工程进度和工程质量，都得到了充分的保证，按照他们与矿上合同约定的期限，经受住了矿上检查验收人员的严格验查，一条企地公用的道路，非常顺利地交付使用了。

一号矿井的建设，因此也得以顺利开展。

这是个开端，非常成功有效的开端。工程完工后的财务结算，也是非常喜人哩！索洛湾村不仅被征地的村民们得到了实惠，村集体的资产亦获得了长足的进展，一次性就增加了百余万元。然而这也只是他们索洛湾村得到的好处，黄陵二号煤矿的建设方，也比总预算节约了很大一笔资金，他们说了，过去他们也搞建设，可从来都是在原预算上，追加了再追加，才可能完成。而这一次没追加，还给节约下来了，少见呀少见。

矿上不只是这么感慨一下就过去了，而是留下话来，今后有适合索洛湾村工程队干的活儿，就都给他们干了。

矿上是这么说的，也是这么干的。接下来凡是矿上一些零零碎碎的活儿，譬如场地的修建、河道的整修等等，不用柯小海跑，矿上就都一个电话打给柯小海，由他带领他们索洛湾村的施工队来做了。他们双方在这个方面，建立起了非常友好，且又牢固默契的合作关系。

中国作家中有些木作经历的我，从不隐瞒自己的身份，而且骄傲自己的木工活儿做得比写的小说好。因此在我与柯小海说起他初出茅庐，带领他们索洛湾村的毛头小伙承包工程的事儿时，我就特别有感觉。原因是我也有那么一段时间的磨炼，知道其中的小九九，绝不是说起来那么简单容易。所以我很钦佩柯小海，并因此而与他能说得来，说着就会说得非常亲、非常近。我俩谈了许多工程方面的事情，对此让我生出了许多难以言说的惭愧感。

这是因为我在操练木作手艺时，为的只是自己家庭的生计，格局无疑小了许多；而柯小海想的都是集体，他的格局大了我很多。

40

在柯小海这样一种大格局的引领下，他们索洛湾村围绕黄陵二号煤矿的前期建设，使他们村级集体经济，在 2003 年到 2005 年之间，一猛子积累到了 300 多万元。

2005 年年终时分，索洛湾村进行了第一次股金分红，村里人历史性地拿到不是自己的劳动，而是自己资金产生的收益！分红那天，虽然是在西北风呼号的冬季，但是因为太阳高照，村民们脸上就都涂染上了一抹太阳的色彩，红通通的精神喜悦，他们纷纷走到村委会的大牌子下，在财务人员的面前，伸手捉起那支许多人已经拿过的签字笔，于编造成册的分红账簿上，在自己的名下慎重地签好自己的名字，就有自己的所得奉送到他的手上，让他一只手拿着，一只手在嘴唇边蘸着唾沫，哗哗地数了！

祖祖辈辈只在土地里刨生活的索洛湾村人，哪里想过会有这样的好事，竟在自己村子里，就能获得收益，那感觉可是太爽了！

“速生杨”的选择，因为柯小海而选择了集体，这是他的力量了呢！当然更是他的智慧！

这个时候，以及以后，索洛湾村人没有不信任他的。大家在他的一力促成下，首次品尝到了集体经济的甜头，就更自觉地团结在一起，为村集体经济的进一步壮大而奋斗了。

时间步入到了2006年，柯小海在这一年年初的时候，出门跑了几个地方。他去的地方，都是集体经济发展好的村庄，他在那些个村庄里，把自己变得像是一块海绵，先是紧紧地缩在一起，慢慢地放着手，让海绵尽可能多地汲取他们的经验与得失，然后回到村上来，召集来村上的干部与党员骨干，大家坐在一起，谈论村集体今后的发展方向与方法。柯小海把那样的村干部会议，叫成了“务虚准备”，不能开拓大家的思想，就无法开拓未来的集体经济。

集思广益的“务虚准备”会开下来，村干部都说了话，发了言，但具体怎么实施，还是雾蒙蒙一片，不能理出一个清晰的思路来。

柯小海便把他跑了许多地方的见识与见闻，像讲述天方夜谭一样，给大家说了。他说了邻省河南南街村的情况，说了本省袁家村的情况……说一千道一万，柯小海的立场是更加坚定，更加有信心，那就是继续深化集体经济的厚度，扩大集体经济的广度，走出一条可持续发展的集体经济成长的路子来。

这条道路要应时适宜，因地制宜。黄陵二号煤矿在他们索洛湾村业已扎下了根，那就是他们可以依靠的一棵大树，“企地合作”“企地共建”是柯小海为此提出来的一个总方针，现在他又要加上一条，那就是“企地团结”和“企地友情”了。

柯小海在索洛湾村两委会会议上，给大家这么说的时候，二号煤矿上的领导们也在为他们未来的集体经济发展想着办法。

黄陵二号煤矿不忘索洛湾村人在他们有困难的时候，对他们伸出援手所给予的帮助，使他们顺顺利利地走向了正轨，现在该是他们回报的时候了。他们首先想到了矿上的后勤工作，过去都是委托物业公司来运作，这一次能不能给索洛湾村倾斜一点儿呢？当然没有问题了，因为他们已经听到了柯小海的思路和想法，与他们是不谋而合的，所以在决定时，就先在与物业公司签订合同之初，就给了他们一个清晰的指示，要他们在招录物业用工人员时，多考虑索洛湾村的人，年龄大点的，能够从事保洁工作等一些简单工种的，就录用他们做那样的工作；而年纪轻点儿的，又还有些知识积累的人，就给他们培训，让他们从事相对复杂点儿的服务工作。

足不出村就能工作挣钱的事情，解决了索洛湾村许多人的就业问题。大家皆大欢喜，“企地关系”以及村里群众与矿上人员的关系，联系得不但紧密起来，而且还亲密了起来。

这种紧密的关系，在不断发酵，矿上的后勤灶上，原来所需的食材都要去黄陵县城等地采购，索洛湾村有的是温室大棚蔬菜，还有蘑菇、香菇、木耳，以及猪、羊、肉牛等副食生产，舍近求远地购买，不仅成本高，新鲜度也要大打折扣……“矿郊农业”的概念，就在这样一种情况下，应运而生。

柯小海敏锐地发现了这一苗头，他要推波助澜，使这一新生的经济形态，得以健康有效地发展下去。

与煤矿签订供应协议是一个方面，保证质量和数量是又一个方面，柯小海分析了这两方面的利害，认为保证质量和数量，是关键的关键、核心的核心。柯小海把矿上负责后勤供应工作的人，请到村上来，与他们一起钻温室大棚，一起去蘑菇、香菇、木耳种植基地，一起进猪、羊、鸡、肉牛的养殖场，针对已有的蔬菜种植，以及蘑菇、香菇、木耳，猪、羊、鸡、肉牛的品种与品质，现场办公商讨，按照后勤的需要，改善种养品种，按时按需供应矿上……这一措施的实施，收到了双方共赢的好效果，不仅就地解决了索洛湾村蔬菜等农产品的销售问题，也使矿上的职工们能及时吃到放心菜、放心蛋、放心肉。

企地合作的效益是巨大的，前景更为可观。

索洛湾村的群众种植和养殖的积极性空前高涨，仅仅一年的工夫，就新建和修补了塑钢弓形温室大棚 20 座，大中型弓棚 56 座，塑钢弓棚的年收入不低于 5000 元，其他弓棚的年收入不低于 3000 元。

五十亩“速生杨”的选择，其所产生的影响在不断地发酵，索洛湾村民之间的友谊在加深，索洛湾村与二号煤矿的友谊也在不断地加深。

第九章

苹果有说法

41

有“教父”之称的乔布斯，很不幸地在五十六岁英年早世，让全世界的苹果迷顿足哀伤，痛惜天才不在。我得承认，我算不得苹果迷，但我也深受苹果的影响，而且还不只是乔布斯创立的苹果品牌，另有两只苹果，也很让人迷恋。一个诱惑了夏娃，一个砸中了牛顿。他们的肉身没能永生，因为苹果，他们却成了一个一个传奇，传奇了一个一个精神的永生。

譬如夏娃的苹果，一举成就了有灵性的人，给了爱以无限的美好。

还譬如牛顿的苹果，造就了那科学的“灵光一闪”，到他八十岁的一天，念念不忘被苹果砸了头的事，始有万有引力的发现。

让人馋涎欲滴的苹果啊！它圆溜溜的体态，还将给人怎样的传奇？我在索洛湾村住了下来，在与柯小海的交流和交谈中，听了他关于苹果的一段描述，蓦然对他有了一种不可名状的发现，发现他这个深山里的汉子，似乎也是被苹果所青睐过的一个灵魂呢。

在与柯小海的交流采访中，听他说起集体与个体的关系时，他即很有感触地拿苹果来说事儿了。

柯小海比喻村集体就相当于一箩筐苹果。村里所有的人，都眼巴巴盯着箩筐里的苹果看，想要吃到苹果。然而箩筐里的苹果是有限的，没法满足所有人的胃口，那么就出现了争抢的现象。结果会怎么样呢？自然是身强力壮的人能够及时抢到苹果，而且还可能抢走别人该有的苹果。既如此，身体瘦弱，以及病老残疾的人，就吃不到苹果。造成这样的状况，有人也许会说，“能者多劳，劳者多得”。跑得快，跑在前面的人，就应该得到苹果，不论多与不多。

这合理吗？柯小海对苹果有说法，他说得我瞪大了眼睛，想要听他继续说。

柯小海没有让我迷茫，他与我在说苹果的理论时，我们就步行在窨子沟的沟口上，他走着走着不走了，停顿了那么一会儿，再次地抬起头来，望向了窨子沟沟垴悬崖上的那几孔石窑洞，他大伯柯玉斌创立索洛湾村党支部的石窑洞，就在他的眼前清晰浮现着。他看了好一阵，回过头看向了我，他继续着他的苹果理论，给我又说上了。

柯小海说：那肯定不合理。

柯小海说：人都有自己的缺陷，就是得到了还想得到，得到的越多越不满足。他们身强力壮，抢先拿到了苹果，会匀出来一些给弱势的人吗？大概是很难很难的呢！

柯小海说：村集体该干什么呢？

柯小海说：村集体就是要让村民们不论身强力壮，还是老弱残疾，都能合情合理地吃到苹果。

这么说着的柯小海是开心兴奋的，他进一步说了，平衡强弱之间的均衡问题，是解决“能者更能”，而“弱者”也有其生存和发展的空间。这样下来，既不打击“能者”的积极性，又能照顾到“弱者”的利益。

我们社会主义的优越性就在这里，当年陕北贫苦百姓起来闹革命的初心，也在这里。

柯小海把他们索洛湾村实行的这一系列治村规范，以苹果为说法，说得我心服口服，我是有点崇拜他了，认为他就是个有思考，有实践的乡村哲学家。

结合我曾有过的乡村生活经历，以及乡村生活积累，我深入索洛湾村，全方位地对柯小海所做和所说的这些工作，进行了我的考察，还有我的思考，我深切地感受到了他们索洛湾村，所以不断进步，不断发展，都在于他们在柯小海的主持下，实施的这一套管理办法了。

这个办法就是柯小海说的，把“集体经济”融于“市场经济”中去，让两者互相作用，相互促进，是索洛湾村早日实现脱贫致富的根本。

柯小海几次给我这么说，让我加深了对他这一立场的认识，感知到他所全力推动的“集体经济”，只是他们脱贫致富的初级阶段。因为“集体经济”让大家吃饱和穿暖是可以的，但要向更高的标准发展，还是有局限的。首先是劳动者的惰性会逐渐暴露出来，影响大家向更高的目标迈进；“市场经济”亦有同样的问题，大多数的农民，习惯了原来的“旱鸭子”生活，一下子赶进“商海”里，他们水土不服，淹在烂泥水里不能自拔怎么办？

柯小海以他们在索洛湾村的实践，很好地回答着这个问题。

42

柯小海与索洛湾村的人在做这个回答的过程当中，有些真实的故事，是特别令人难以忘怀了。

黄陵二号煤矿在他们索洛湾村是轰轰烈烈地建设起来了，并红红火火生产了起来……柯小海乐见了这样的情景，但他却也看到了另外一些情况。他念念不能忘记的，那就是他每一次从二号矿的矿区经过时，总能看见村里那些缺乏生产生活技能，且不甘闲散的妇女，为了能够捡到一块半块的煤炭，守株待兔在拉煤车辆途经的地方，手是黑的，脸是黑的，浑身上下都是黑乎乎的煤粉灰。车辆不来的时候，她们灰扑扑坐在路边，拉煤的车辆来了，扬起的煤灰先是笼罩着她们，到车辆跑了开去，她们就会从煤灰中露出来，追着道路上撒下来的煤块儿，你争我抢地撵着去……她们常常因为一块半块的煤炭，还要吵起来，甚至相互撕扯着头发打起来呢。

柯小海见着了这样的情景，他心里有种说不出的难受。

村子里的这些个妇女，之所以捡拾拉煤汽车的落煤块儿，一来可以解决点家里的日常燃煤，二来是积攒着还能变卖换钱。

柯小海为她们而难过，不仅难过她们所受的苦与累，还难过她们在捡拾车辆落煤时，个别拉煤的汽车司机，以及巡视矿产的保安，对她们轻慢无理的呵斥。

索洛湾人不能只是富裕了就好，还要有自己的尊严。

柯小海找到她们，与她们交谈，听得出来她们并不是缺吃少喝，也不是短穿短用，她们是闲得难受，闲着浑身的筋骨疼，又没啥可做，而汽车的落煤，落在公路上没有人捡，怪可惜的，便是你来了，他也来了。柯小海想要说服她们，不要那么受累，不要让人家看不起咱。

然而柯小海的这点儿说教，没有阻止她们捡拾落煤的举动，他也就暂时地任由她们做去了。

不过，柯小海不能允许这样的情景长期存在。恰好又有两件事情，毫无征兆地发生在了他的身边。2006 年的年初，柯小海一个黄陵县城的朋友，约了他出来吃饭。他的那位朋友自有心里的谋划，要不请他吃的哪门子饭?

两筷头的小菜咽下喉咙，一杯小酒倾进嘴里，朋友开口说起他的打算了。

果然不出柯小海所料，对方欲利用柯小海的关系，进一步拉上黄陵二号煤矿的内线，来做他想做的事情了。柯小海没有随便开口，他听他继续描述生意的前景，说得那叫一个天花乱坠，如果不是柯小海有定力，换一个人试试，非要被他忽悠进去不可。但他遇到的是柯小海，在听他口若悬河地说着好处时，柯小海想的不是个人的利益。因为他听得明白，朋友之所以看准了他，是因为他与二号煤矿的关系。如果朋友借用他的关系，给自己谋利益，那不是徇私为己吗？柯小海没有答应他，而他的那位朋友还不甘心，劝着柯小海酒，絮絮叨叨地继续他的话题，柯小海便找了个由头，借故早早走掉了事。

不过，那位朋友倒是提醒了柯小海，知道他与二号煤矿的关系还有利用的价值。这里对了，他可以充分利用起来，加大索洛湾村集体与二号煤矿的合作，既为二号煤矿服好务，也为索洛湾村集体增加财富。

柯小海的心里种下了这一颗种子后，他开始起心琢磨索洛湾村能与二号煤矿合作的机会。恰在这时，他去县城开会，有位县城里的富商和他住在一套房子里。他俩晚上聊天，柯小海隐隐约约感知到那位富商之所以能与他住在一起，不是富商掏不起单独住房的房钱，而是有意与他住在一起，想要与他套近乎的。好拉住他这个关系，投资索洛湾，图谋点儿事情。开始时，富商还不是那么露骨，俩人聊得还算热火。但是聊着聊着，柯小海听出不同的意味来了。富商给他神秘莫测地悄声说了这样一句话。

富商说：肥水不流外人田！

柯小海听着，听得不是太真切。富商就还加重语气重复地说了一遍那句话。这使柯小海一下子警觉起来，知晓他投资索洛湾，是另有所图的，就是利用索洛湾村为跳板，想法子渗透进二号煤矿里去，向煤矿寻利益。柯小海不动声色，仔细听他说，把他的说法当成了自己学习的一种特殊教材，以为可以从他前次那位朋友的说教，与这次这位富商的图谋中，为他提供很好的启发。他不能满足他们的私利，从而增加自己的私利，但却完全能够以此为契机，发展他们索洛湾村的集体经济。

连续遭遇到的两次事情，让柯小海悟出了一个大道理来。

这个大道理就是成为索洛湾村近邻的黄陵二号煤矿，是个不可多得的“大财神”。与这个“大财神”不沾边的人，都要千方百计地接触渗透，谋取利益。咱们索洛湾村为了二号煤矿的建设，是付出了代价，并且还有牺牲，他们为什么就不能抱住“大财神”的腿，做些他们村集体的文章呢！利用在县上开会的时机，柯小海几天来，有意识地去跑县里其他煤矿考察参观……柯小海是有眼光的，而且脑子也特别好使。他从店头镇等几处国有煤矿，见缝插针地发现了不少机会，一个一个都不是小机会，而是大机会哩。

每一个机会，可都是他们索洛湾村要做的大文章啊！

思路的开阔，带出了柯小海许多好的想法……二号煤矿的矿区建设规模在继续扩大，产煤量急剧增加，运输的车辆，还有工程车辆等，也都在不断增多，而停放场地严重不足，乱停乱放，到了下午四五点钟的时候，矿区门口，以及道路两旁，横七竖八停满了车辆，既影响交通，又埋下诸多事故隐患，造成了不少问题。柯小海的心里，一个大型停车场的雏形，酝酿了一段时间，他觉得成熟了，就去找矿上的领导说了。

矿上的领导为此头疼了好些日子。柯小海找来那么一说，矿上的领导别说有多高兴了。

双方一拍即合，矿上领导完全支持柯小海的想法。他们大大方方地告诉柯小海，村上需要他们帮助的，让他尽管说，只要他们做得到的，就绝不含糊。矿上领导说到动情处，把柯小海一顿猛赞，说他总是能想矿上之所想，为矿上之所为。答应下来，可以拨出一笔经费，资助村上办停车场。

柯小海感激矿上领导的好意，但他没有接受矿上的资助。

43

索洛湾村集体经济积累到这个时候，柯小海算了一笔账，是不缺那笔建设大型停车场的资金哩。

柯小海不接受矿上的资助，是因为他要村上独立自主地完成这一项目的建设，最后也由村上独立自主地来运营。柯小海没有向矿上领导隐瞒他的想法，而矿上领导也都同意他的做法。因此，一个配套洗车、修理、住宿等方便运输车辆驾驶人员的综合性大型停车场，高标准地建设起来，并投入营运。

在建设前，柯小海不仅去到双龙镇，向新上任的党委书记蔡书明汇报了情况，还跑到县上去，向相关部门咨询，办理好了一切所需的施工手续。

其间，柯小海自然充分征求了村两委会干部的意见，并还召集党员代表，开会讨论……大家谁都看到这是个赚钱的好项目，其中就有多位党员干部，以及一些有想法的村民，来找柯小海了，想要独自承包停车场。他们中的个别人，还动用了这样那样的关系，来给柯小海说情，施压于他，让他颇为被动。不过，柯小海的态度是坚定的，在他的心里，装着的是村集体，他不能答应个人的要求。所以不管是谁要求，有谁说情，他都耐心地给他们做工作。有些人的工作好做一些，有些人还很不好做，柯小海就只有得罪他们了。

柯小海面对那样的人，说话便不客气。他说：我都没动这个心思，你们也就别动了。

柯小海说：动都是白动，没有用。

柯小海说：索洛湾村不是谁一个人的。大家既然都很看好这个项目，那我就要坚持，办给索洛湾村集体来经营，有收益了，都是村集体大家的。

柯小海把村两委会的干部们，先一个一个地说服，与全体干部达成一个共识，以村集体的形式，注册了一个“黄陵县龙湾汽车服务站”的商标。大家在村集体的召唤下，齐心协力，虽然有繁杂的土地流转等问题要解决，但因为是给村集体办大事，就也没人太作梗，很顺利地整合好要用的土地，这便风风火火地一通大干，到2007年年底，一个专业化、高规格的运输车辆停车场建成投用了。

占地20余亩的停车场，同时可停大型运输车辆200余台。

二号煤矿的领导在停车场建成投用了后，来到停车场视察，把他们高兴得全都合不拢嘴。他们说了，这是他们开始很早就想解决的一个问题呢。但是涉及的问题，不是他们一家就能解决的，既有土地的征用，还有服务配套，问题多了去了。他们不能及时解决的问题，柯小海出面解决了，比他们自己解决更省心、更快捷、更有效。他们要感谢柯小海，感谢索洛湾村。

有了这次成功的实践，二号煤矿还与索洛湾村商议，建议他们继续以村集体的形式，在“黄陵县龙湾汽车服务站”的基础上，成立一个有规模的汽车运输队，承担矿上煤矸石的清运工作。

矿上没提出来前，柯小海就已对此做了调查。

柯小海发现二号煤矿在生产煤炭的同时，还伴生着大量的煤矸石，提取到矿井上来，到处乱堆乱抛，已经成了一个不可忽视的公害，好端端的农田，好端端的沮河，就因为煤矸石的问题，不同程度地受到了污染……造成这样问题的根源，柯小海调查得清清楚楚，那是因为洗煤厂在进行选煤作业时，把筛选出来的煤矸石，交由一家外包工头来承担。他们不是索洛湾村的人，污染了农田，污染了沮河，他们才不以为意呢！他们要的是自己的收益，所以干得就很潦草，甚至放肆。索洛湾村集体来做，农田是自己的农田，沮河是自己的家乡河，他们谁能不珍惜自己的农田？谁能不爱惜自己的家乡河？

前有“黄陵县龙湾汽车服务站”的榜样做基础，再有自己的“汽车运输队”跟进，索洛湾村的集体经济是越来越有模有样了。

柯小海曾经说过，要让“索洛湾村的农民变工人，最终变成干部”。现在的村民是已能够像煤矿上的工人一样，按月领到自己的工资了。

44

柯小海可不是随便一说的，他是在集体经济良性运行的基础上，提出了一个“三变”的经营模式，来为壮大集体经济保驾护航的。他的“三变”原则，亦即“资源变资产、资金变股金、农民变股民”。这样一来就好理解了，充分保证村集体的每一寸土地，每一棵树都是资源，而资源就是资产，也包括过去遗留下来的扶贫资金，以及上级机关对索洛湾村的产业扶持资金等，综合起来，都属于全体村民所有。这也就是说，村集体的所有资金，都属于全体村民的股金，一个村民，就是一个股民。

成了股民的村民，有资格择优到村集体办的“黄陵县龙湾汽车服务站”“汽车运输队”等企业上岗工作。所有的工作岗位，全都按照相应的市场标准发放工资。岗位不同，领取的岗位薪资就不同。岗位薪资的多寡，不是谁一个人说了算，都是村集体商议决定的。

索洛湾村村民个人与家庭的收入在积累在增加，柯小海却又有了一样担心，他担心手里有点余钱的人，拿捏不住自己，往赌博圈子里钻，往酒场桌子上溜，就还思谋着让大家手上的活钱，集中起来办大事，赚大钱。

柯小海的思谋是这样的，他通过村两委会决议，号召村民参与到村集体的经济运营中去，可以考虑在增加运输车辆的时候，给村民机会，让他们带钱参与进来。这么做来，既壮大了集体经济的规模，又扩大了村民个人的收益。

到来2007年年终，村集体的年收益达到了500多万元，村民人均分红3000余元。

村民们是富裕了，但柯小海并不满足。

2007年年底到2008年年末，柯小海总结成立蔬菜协会的经验，发现他们实行的“农户＋协会＋企业”式模式，给二号煤矿及在矿区里的私企，采取定向、订单式销售的方法，既是可行的一个好方法，也是值得其他领域借鉴学习的。他因此贷款10余万元，为索洛湾村又建起了黄陵县首家村级农产品加工厂。他为工厂设计的经营模式，灵活机动地又采取了一个“集体经济＋个体经济”的方法，一举使得他们做了几年的“双龙大米”“双龙玉米糁子”，在生产规模上有了长足的发展，为他们索洛湾村集体经济增加了新的活力。

对此，柯小海在我与他交谈时，曾笑着给我说了：我所追求的，就是心灵的充实。

柯小海说：每一次面对财富的时候，我心里其实也是非常纠结的呢。充实的心灵，会帮助我坚持对的立场，做出对的选择。

因为柯小海的内心深处坚持着这一不破的主张，所以才能清醒地认识问题，解决问题。索洛湾村富裕起来了，究其根本，是他们村与黄陵二号煤矿“企地共建”的结果。因此他把维护“企地关系”看得高于一切，发现村里有人绕开村集体找矿上的麻烦，甚至产生这样那样的矛盾，柯小海作为村上的当家人，他看见了，听到了，绝不会偏袒村里人。因为他从来都以身作则，不会因自己的私利去找矿上的人，所以就不会产生矛盾，出现纠纷。他因此就能够站出来，做村民的工作，教育大家不可无理取闹，有理也要由村上出面，来与矿上交流。

这是柯小海的选择。他的选择在任何时候，都是以维护友好“企地关系”为准则。

一条不成文的规定，柯小海在 2008 年时，于全体村民大会上讲了出来：索洛湾村不论什么人，都不得自己有事，去找煤矿上的领导。

为了睦邻友好的“企地关系”，柯小海在黄陵二号煤矿初来索洛湾村时，就与村两委会一起研究出台了个《三不、三要、三规范》的村约。村约的“三不”就是“不贪、不占、不拖拉”；“三要”就是“要勤快、要务实、要敢负责”；“三规范”就是“理论学习经常化、事务决策民主化、财务管理透明化”。村两委会把这些规定，不只是说在嘴上，还清楚明了地挂在了墙上，让群众来监督。可以骄傲地说，自从他们有了这样的规定，不论柯小海自己还是村上其他班子成员，都模范地遵守着这些规定，他们每周召开的支部党员大会不间断，每月召开的村民大会不间断，形成了“支部的事情党员定，村里的事情群众定”。

《村卫生制度》《党员产业带头制度》等行之有效的一系列村规民约，逐步都建立了起来，有力地保障了索洛湾村风清气正，经济健康发展的良好势头。

柯小海带头在索洛湾村制定的制度，最早的一个是《干部坐班值周制度》。

这个制度的制定，对柯小海来说，是被动的。当初他上任村干部时间不长，住在索洛湾村东头的一户人家，因家庭纠纷，竟然酿成人身死亡的严重事故。村民出了这么大的事情，村两委会事前居然毫无知觉。事发之后，柯小海震惊之余，想了很多，深深感到自责，并还不能忍受地在村两委会上发了火。他发火不是针对别人，而是针对自己，说他自己没有做到位，他向大家诚恳检讨，并因此提出来，制定了《干部坐班值周制度》，安排村两委会的干部，以及村上的党员骨干，编组排队，轮流按周在村委会值班……这么做，既能很好地了解村里群众的基本情况，还能很好地培养干部苗子。

在值周制度出台之前，柯小海先拿出一个初稿来，特别征求了一些老同志的意见。

二号煤矿入驻索洛湾村以来，村民们的思想动态，以及心理活动，村委会必须要能及时有所掌握。这是柯小海在初稿里强调的一个重点，想要达到这样一个目标，干部值班时，就不是坐在村委会办公室里喝茶看报聊天那么松快了。大家无论谁值班，都要走出办公室，走到村民中间去，收集村民的意见与看法，还有村民的思想精神动态和苗头，回到办公室来，记录在案，定期在村两委会上研究解决，把矛盾和问题，都化解在萌芽状态。

这个制度的建立，当即收到了非常好的效果。

然而都是些鸡毛蒜皮的家常事，开展了一段时间，有人就觉得麻烦了，埋怨的声音也暴露了出来。但是柯小海没有动摇，他坚持必须做下来，哪怕像有些人说的，是村干部自找难受，自找不愉快，柯小海都决不动摇。因为他的心里有一条谁都不能触碰的信念，这个信念高于一切，那就是他常给大家说的话。

柯小海说：群众的事无小事，小事也是大事情。

我在索洛湾村采访，就多次听到村里人说，村党支部与党员领导干部，是飘扬在他们村子上空最鲜艳的一抹色彩，像党的旗帜一样鲜红。

有党的旗帜一样鲜红的村子两委会干部们的努力，他们村还有什么问题不能解决好呢?

45

2010 年入秋的时候，老天仿佛要考验他们似的，索洛湾村又遭遇了一场新的大洪水。

自 7 月中旬开始，大雨连降二十多天，沮河水持续暴涨，致使双龙镇全境遭灾，索洛湾村处在沮河边上，受灾自然是最严重的，村里的蔬菜大棚和庄稼地因此惨遭损毁而歉收，沿河的防洪堤坝，以及村道和公路也都被淹遭受不同程度的毁损……《黄陵县二号煤矿有限公司十年大事记》对当年的受灾情况，做了详尽的记述："7 月 23 日至 24 日，黄陵地区持续暴雨，矿区遭受严重洪涝灾害。暴雨造成店双公路长墙至河浦公路桥被河水冲断，二号煤矿至矿区中心区交通受阻长达 28 天。"透过这一记录，可以看出暴雨洪灾，虽然给索洛湾村造成了不小的损失，但二号煤矿因为地理位置的原因，遭受的灾害比起索洛湾村要大得多，滔天漫地的洪流，淹没了整个矿区和厂区，是二号煤矿建矿史上最大一次灾害。对此记忆深刻的有个叫马忙利的人，他介绍说了，"如果任由洪水泛滥，矿井和几处风井，也将受到严重威胁，后果不堪设想"。

柯小海在洪水暴发后，是第一时间赶到二号矿场上来的人。

来到矿场的柯小海，头顶上是一串串的滚滚雷鸣，以及身边一片片滔滔洪流……他眼睛看得见，心里也知道，他们索洛湾村也在雷鸣和洪流中，但他心系国有大矿的危难，在一个小时不到的时间里，召集村上一百多位强壮劳力，聚集到矿井和矿场上来，根据洪水暴虐的情况，合理安排劳力，与矿上的工人朋友一道，投入到最为紧急的抗灾救险中去！

在柯小海的心目中，二号煤矿是国家的重点工程项目，与他一样的是索洛湾村里人，这么多年与矿上的人休戚与共，大家都成了朋友，所以就也都把矿上的危难当成村上的危难，甚至在某种程度上，看得比村上的危难还重，他们把自己也都自觉地变成了矿上的主人。

两天的鏖战过去了，两夜的鏖战过去了。

鏖战在二号煤矿矿区和矿场上的柯小海，带领着索洛湾村的党员和年轻人，与矿上的职工们，风雨同舟，齐心协力，奋不顾身，保卫着二号煤矿的安全，任凭洪流滔天，他们岿然不动，有力地保障了矿区与矿场，终于胜利地熬过了危险期……在此期间，柯小海受伤了。他是洪水中扛设备时，腿部意外地遭受冲击而伤，伤口血流不止，但他顾不得包扎，一直冲锋在抗洪的最前线。

二号煤矿从洪流中安然无恙地熬了过来。柯小海他们村里的党员和年轻人，没有来得及做片刻的休息，就又投入到新的鏖战中去了。

这是因为他们听闻崖头庄小组在洪流中受灾严重，扭头向矿上的职工们招呼了一声，谢绝了他们准备好的答谢，当即转向崖头庄……柯小海腿上的伤口还在流血，他依然不管不顾，跑在全体救灾人员的最前边，跑到崖头庄，帮助村民转移财产、牲畜等生产生活用品。

在把崖头庄的村民都转移安置好后，发现他们的生活无法自己保障，就又立即动员索洛湾村的其他村组，拿出自己家里的食物，涉洪送到崖头庄。

柯小海处理好了索洛湾村的急需处理的灾害问题，本可以回家去包扎一下他受伤的腿，可他向家的方向走了几步，却又来了个回头望，去了二号煤矿的受灾现场。在这里，他发现矿上的集体财产是都保护好了，可是职工个人的生活依然需要帮助。他们当时面临的最大问题，就是职工们的住宿出了状况，大多数的宿舍因为洪水的侵袭，已经无法居住了。

柯小海回头来到他们身边时，许多职工，就都疲乏无奈地躺在冰凉的湿地上。

这可是不能啊！要是因为潮湿而躺出问题来，可不是一天半天的事情，腰疼了，腿疼了，一辈子都要受罪了呢！柯小海喊来村上的干部，把村委会和学校里的教室腾出来，又号召村里的人，把家里的被褥铺盖捐出来些，送给矿上的职工兄弟们用……半天的时间，二号煤矿上的百十来号职工的住宿问题，就顺顺利利地得到了解决。

二号煤矿上的领导与职工，被柯小海与索洛湾村的村民感动了。

他们没有想到，在这天高皇帝远的山沟沟里，村民们是那么热心，把他们真的当成了自己家里的人。二号煤矿的领导和职工因此感动地说了。

他们说：索洛湾的村民，依旧保持着革命老区的良好精神风貌！

他们说：在大灾大难的面前，他们那种大无畏的作为，是值得二号煤矿的职工永远学习的。

许多二号煤矿上的职工，在我采访他们时，还都对当时的情景记忆犹新。

他们有人给我说了，柯小海在发动村里人给他们安排好住宿的地方后，还带头在家里烧好开水，蒸好馒头，炒好菜，盆子端，水桶提，拿到他们临时住宿的地方，给他们吃喝……二十多个日夜，柯小海和他们索洛湾村的村民，天天如此，对他们细致入微的关心与照顾，让他们当时没有少流眼泪。

患难之中见真情，二号煤矿与索洛湾村，感情凝结在了一起，心劲也拧在了一起。

二号煤矿感激索洛湾村对他们的真情相待，索洛湾村感激二号煤矿给他们带来的机遇。他们友好相处，共同发展。

爱想事，也能想出事情来的柯小海，比别人处处想得多一点，事事想得远一点。他感觉得到，索洛湾村的产业能量，还远远没有开发出来。他们村因为二号煤矿的建设，发展得快了点儿。但煤矿资源是有限的，只能给一个地方带来暂时的繁荣。而一旦资源枯竭了以后，索洛湾村怎么办？还能躺在资源的身上求发展吗？当然不能了，索洛湾村还只能是原来的村庄，索洛湾村的村民还只能是原来的村民，就像索洛湾村四周山里的树木一样，根就扎在这里，在这里招风，在这里沐雨……想着这些的柯小海，坐不住了！

柯小海要为索洛湾村寻找新的发展方向，他一有机会就往出跑，他在四处跑，发生的费用，却都是自己掏腰包。

不断地跑，让柯小海的视野更开阔了，格局也更博大了。

索洛湾村的未来，即将走出一条崭新的发展道路来。

第十章

搭车走新路

46

柯小海被选拔为双龙镇的党委副书记了！

一个农民的儿子，扎根在乡村社会中，深耕了一些年的村级干部，有机会进入乡镇班子锻炼，过去是少有的，可以说几乎没有可能。这之间有道高得无法逾越的体制壁垒，即使你再怎么优秀，再怎么杰出，你没有进入国家干部序列，就没有资格进步。黄陵县解放思想，改革思路，为了鼓励基层领导干部的工作积极性，从组织需要的角度出发，自 2011 年起，大胆实施了这样一条规定：针对有坚定政治理想，有发展前途，且已做出巨大成就的乡村基层干部，通过三级考核，群众评议，层层筛选，把他们安排进乡镇党委或政府的班子里，发挥他们基层工作经验丰富、敢闯敢干的作用，这对他们既是一种肯定与鼓励，也对当地的生产建设是一种促进和勉励。柯小海毫无争议地成为首批被选拔进乡镇班子成员的人，使他的责任更大了，压力也更大了。

不过，组织上考虑到索洛湾村的实际，没有让他全面脱产，在双龙镇党委工作，只是把他职务升任为了镇党委副书记，但他不用住到镇子上去，依然兼任索洛湾村的党支部书记和村委会主任。

柯小海为此很感激组织和领导，让他在一个高的台阶上，既能看得远，又能继续扎根他们索洛湾村，继续完成他梦想中未竟的事业……与柯小海在镇党委一起工作的刘腾，对此就有非常好的评价。他在一份别人书写的文稿里说过，开始的时候，柯小海镇上、村子两头跑，不论工作还是生活，让他还是有些不太适应，手忙脚乱的，把人愁得都消瘦了许多。不过他的虚心，还有他的好学，帮了他的大忙，有事没事的，只要他有时间，看着同事也有时间，他就主动上去，找他们交谈沟通，如果是他不熟悉的事情，就更是不耻下问，向有经验的同志请教。

柯小海很快就进入了角色，融入了工作，成为了镇党委合格的一分子。

刘腾还说了，柯小海的使命意识非常强。他时刻牢记自己的使命，勇于担当，敢于任事。对同志们都非常尊重，领导布置的任务，从来都不推诿扯皮，总是不讲条件地接受执行。每次镇党委召开会议，他人虽在索洛湾村上，接到会议通知，都会紧急赶来，绝不迟到。在会上，他总是以小学生的模样出现，认真听会，记录要点。

刘腾说到后来，承认他向柯小海学习了不少东西。

几年的磨炼与培养，柯小海的履职能力大踏步前进，实现了一个优秀村干部过渡为镇一级合格干部的变化。

柯小海的这一变化，让他的精神境界提高了，让他的思想品德提升了，同时还使他的工作方法，以及看问题、看事物的能力也有了长足的进步，发展经济的视野和开发项目的眼光，亦更加地独特与扎实……建设新农村，把他们索洛湾村打造成公园化山村的蓝图，就这么一天天地成熟着，并勇敢地把它赋予了行动。

之所以要实现这一发展目标，是因为柯小海发现，到他上任双龙镇党委副书记的 2011 年，在他们索洛湾村扎营安寨的黄陵县二号煤矿，也已火爆了有十年的时间。物极必反的铁律，难道会躲着二号煤矿不来吗？柯小海是无法相信的，他未雨绸缪，知晓二号煤矿的开采，迟早也会枯竭。到时二号煤矿可以搬家到别处去，索洛湾村能跟着搬去吗？当然不能了……索洛湾村还得踏踏实实地在自己的土地上讨生活。

因此，柯小海清楚他们索洛湾村的致富之路，依靠二号煤矿是不能长久的，他们必须要有自己的产业方向，才能保证索洛湾村的经济发展长盛不衰。

那么索洛湾村该如何定位自己的未来呢？

没有远虑，必有近忧。老祖先的话，像是一记重锤，在柯小海的耳鼓上时常敲打着，他是必须为索洛湾村谋划一个未来发展的方向了。

柯小海在谋划未来发展方向的时候，没有自己一个人想。他还想到了村上的老干部，譬如一直支持他的原村党支部书记、村委会村长的路建民、张军朝他们。其实呢，柯小海自 2001 年从他们手上接过村里的担子后，就一直以他们为师，既学习他们的人生经验，还学习他们的工作经验，并且牢记着他们对索洛湾村曾经的贡献，在生活上、工作上，都尽可能地给他们以照顾。譬如路建民，柯小海知道他有一定的文化积累，就让他去了龙湾汽车服务公司，做了公司的出纳，同时还让他监理着公司的运营情况；而张军朝，考虑问题全面，看见什么不符合村里规定的事情，他会不讲情面地说出来，柯小海就人尽其用，让他担任了村监委会主任。

柯小海这么安排他们，发挥他们的余热，在别的时候，别的地方，是很少见的。他为什么要这么做呢？主要是他坦荡无私，心胸开阔。当然也正如他嘴上说的那样。

柯小海说了：村里的老干部、老党员都是宝贝哩！

47

对于老干部、老党员的他们，柯小海不只是嘴上说说而已。

柯小海真心是这么想的，特别是他刚刚当上村里干部的时候，是非常年轻的呢。正是因为有他们这些老干部、老党员的信任和支持，他才能走上这条路，并走得越来越宽、越来越长……柯小海关心爱护老干部、老党员，老干部、老党员也大力支持帮助柯小海。柯小海主持召开的支部党员会议，老干部、老党员们都积极参加，柯小海有求于他们时，他们都不吝赐教，献言建策，不遗余力。

为索洛湾村的未来发展考虑，柯小海征求路建民、张军朝他们的意见。

他们虽然受自己认识和视野的限制，提不出什么建议来，但却对柯小海谋划出来的未来发展蓝图，特别有感觉，一哇声支持他去实现……应该说，公园化山村的思路，柯小海提出来的日子不算早，但他的实践可是早就开始了。

在 2007 年春节的日子里，柯小海东家进、西家出，他先拜访了路建民、张军朝等村里的老干部、老党员，向他们征询意见，想要对杂乱无章的村庄，统一规划，统一施工，按照新农村建设的标准进行一次全新的建设。

柯小海给他们说了，村里的道路，再是村子里的临街墙体以及屋面改造，是村子统一要求的，就由村里出资来做了。那个时候，还有许多户人家，分散居住在距离村中心远点儿的地方，村子给予他们政策上的支持，批准一定量的宅基地，使他们能够搬迁进村中心来。

那次涉及改造和搬迁的家户，有近六十户。

柯小海走访完了村里的老干部、老党员后，心里有了底，知道大家是支持他的。因此就又走进村里其他人的家里去，与他们拉家常，论未来，说发展，充分听取各家各户的意见，然后汇总起来，拿出了一个大家都能接受的方案，赶在春节过后，大家还有点闲工夫的时候，立即开始了他头一次的山村公园化建设。

近六十户分散居住在村庄外围的那些人家，能把他们的家搬进村中心来，可说是多少代人的梦想呢！所以在整个建设过程中，他们是最积极的一部分人。下来大概就要算主持这项工作的柯小海了，他在那一段时间里，浑身泥土地就滚爬在工地上。

为了节约工程建设的费用，柯小海用他自己家里的车辆，跑甘肃、下铜川，为的是能够买到相对便宜的建筑材料。给他跑车的司机，最后算了一笔账，车来车去的，在甘肃、铜川两地跑了有近四十趟，耗费的油钱，以及人工费用，总在三五十万的数上。这么多的费用，柯小海没有往建设费用里报销一分钱，都由他自己个儿掏腰包了。

整个工作原计划到夏收前结束，最后提前两个月便全面竣工。

竣工的时间提前了，工程的质量没有降，严格按照新农村建设的要求标准，一丝不苟地来做了。因为工期缩短了，还因为他的车辆无偿为工程运输材料，到决算时，原预算的百万元投资，只花销了五十万元。

柯小海的观点是，集体的钱，每一分都是大家的辛苦所得，既要花销在刀刃上，还要花销得俭省。

是的呢，这项新农村工程的建设，柯小海把大家的钱花销值了，可把自己的又赔进去了多少？柯小海没算这笔账，他算的是集体利益和集体荣誉的账。工程验收后，延安市委根据多方面的考察，并征求黄陵县委、县政府等相关部门的意见，授予了索洛湾村“五个好村党组织”荣誉称号。

我在采访中听到这个荣誉名称后，问了他们，知道“五个好”包括了“领导班子好、党员干部队伍好、工作机制好、小康建设业绩好、农民群众反应好”这样的内容。

村容村貌是一个村庄的尊严，更是一个村庄的脸面。

农民荣誉呢？自然更是了。索洛湾村承受得起那样的荣誉，他们改造了的新农村，以一种崭新的姿态呈现在世人的面前，是整齐划一的亮灰色屋顶，是坚实的水泥路面，是红白相间的外墙涂饰……新的一个索洛湾村，新了的不仅是村容村貌，还新了村民之间的感情与关系，他们院与院接连，户与户照应，人与人相亲，家有男子未婚的，家有女子未嫁的，一度成了被人关注的香饽饽，总有提亲说媒的人到他们家里去。

就在这个时候，有一个叫刘玉高的人，与柯小海走着走着走近了。

在柯小海的记忆里，他与刘玉高相识，是他柯小海遇到了大难题，他在二号煤矿争取到了停车场的项目，但要往进投资，最少的预算也在600万元上头说话。索洛湾村那个时候，可是没有那么大的资金量呀。向银行或信用社贷款吧，没有贷款指标，没有贷款押金，凭柯小海一张嘴是说不来的。他遇到了刘玉高，把他的难处给他述说了一下，他是怎么做的呢？立即从他的公司账上，一笔打给了索洛湾村600万元！

刘玉高没有神经病，他不认可柯小海，能把600万元打给他吗？

“一文钱难倒英雄汉！”老话儿不是瞎说的，但是有了钱，谁会怕钱多烧手，随随便便就给人吗？当然不会。

在采访期间，我很想见一见刘玉高，但他那些天，总是忙着景区项目提档建设的事情，我追了他几趟，都没追得上。但我看到了一份资料，有刘玉高对那段事情的回忆，说他最初认识柯小海时，与他推心置腹地谈了谈，知道他是个有原则的人，在索洛湾村当干部，当得是很不容易的呢。

他是想要帮助柯小海的，所以就敢把600万元借给他用。

当然，柯小海不会乱花乱用刘玉高的钱的。他量力而行，最后只用了200万元，就把停车场建设起来了。但他经过那样一件事，是把刘玉高当作他可以将心比心的好朋友了。

柯小海的好朋友刘玉高祖籍陕北横山县，上世纪七十年代中期，随父母亲落户到黄陵县店头镇鲁寺村。鉴于生活所迫，如柯小海一样，年少时即已辍学打工。八十年代初始，撵着黄陵县的煤矿，去这里下窑挖一段时间煤，去那里下窑挖一段时间煤……居无定所，人无根底，像是一朵漂在水面上浮萍，到处游荡，可说是积攒了满腹的苦水，还有满腹的社会经验……柯小海就这么给我介绍着刘玉高。还说他头脑灵活，人缘极好，后来组建起了他的建筑施工队，主要从事土方施工，以及路桥等小型工程施工。在此基础上，刘玉高从煤窑下走上来，走出了一条资本积累的道路。他赶在九十年代黄陵县二号煤矿建设的时候，大胆涉足煤炭行业，先后承建了黄陵县店头镇白石村煤矿、黄陵县煤炭计量站煤矿等，使他跃身为黄陵县早期为数不多的“煤老板”。

刘玉高仿佛通着一个神秘的境界似的，看事情比起一般人总要高点儿、远点儿。他的煤炭业绩蒸蒸日上，正在攀高的时候，却突然地于九十年代末全身而退，挥别了他的“煤老板”生涯。

48

新的世纪要有新的气象，从煤炭行业退下来的刘玉高，迅速转入房地产领域，很快在店头镇就开发了“幸福苑”小区项目。因为他注重环境设计，更注重工程质量与品质，开发出来的商品房，大受居住者的青睐，开盘之日，一个还算规模的小区，便几乎售罄……自此以后，刘玉高没出黄陵县域，既在几处有需要的煤矿矿区所在地开发房地产，还在县城做着项目。他科学管理，守法经营，公司信誉高标，效益也水涨船高，越来越好，很快就成为黄陵县非常叫响的民营企业家。

刘玉高独特的眼界，以及他独特的思维，在他的房地产事业发展势头十分向好的时候，却再一次地转身而去，投身到了另一个更为新鲜的产业项目中来了。

“森林公园”的提出，是那个时候黄陵县委、县政府高瞻远瞩做出的一项战略性的经济发展思路。刘玉高听到了、看到了，就积极地参与进来，要给予他力所能及的贡献……其实这个战略性的发展思路，最早是由省林业厅评定审批下来的。具体又由县林业局落实建设。

但是建设的资金量太大了，县林业局没敢盲目投资，所以就一直地搁置着，没有推动。县里知道这件事的人议论说了，一个“金娃娃”放在咱黄陵县，竟然放得凉成了一个“死娃娃”。

这话可是不好听。太不好听了！

后来陕煤集团不知是谁牵的线，把这个项目拿到了手里。但他们隔行如隔山，要想从他们原来熟悉的黑色产业，转变方向，走绿色产业发展的道路。然而几次调研，几次论证，感觉非他们所长，就又无可奈何地放弃了。

这么美艳的一个“金娃娃”，真的就没有人抱得了？

刘玉高勇敢地来抱了……作为黄陵县著名私企紫来事业的老板，他对这个项目业已关注了一段时间了。开始时，他没有声张，因为他看着是个“金娃娃”，却只在人家国有企业的怀抱里打滚，他便是有心，也只能远远地看着，而插不上手。2010年的时候，黄陵县把这个“金娃娃”抱出来，放进了招商引资的项目中，接受更广泛的投资目标。刘玉高便站出来揭榜了，并且以他足够的报价，还有他颇富想象力的项目策划，赢得了大家一致的赞同，使他一举拿到了这个几乎快要碎烂掉了的“金娃娃”。

刘玉高自觉他抱上了个“金娃娃”，但熟悉他，与他多有交往的人，却没有多少人支持他、看好他。

便是刘玉高最为亲近的几位朋友，也都站在他的对立面，反对他去抱那没人抱的“金娃娃”的。其中一些生意上的朋友，冷嘲热讽还说了许多难听的话，说他是有了两个钱，把人烧昏了头，胆大包天，竟敢接手人家国有大企业扔下不干的事。他们言下之意，刘玉高肯定弄不好，甚至会一头栽在这个项目上，他们就等着看他的热闹了！

就在众人都不看好这个项目的时候，柯小海坚定地站在刘玉高的一边，不讲任何道理地支持他、鼓励他，坚信刘玉高会把这个项目搞出眉目来的。

刘玉高义无反顾地接手了这个项目，是因为他对养育了他的这一片山水，太有感情了；柯小海之所以支持刘玉高，也是因为他对这片养育了他的山水，太有感情了。两个有深厚情谊、怀揣着对一方山水感情的陕北汉子，要用他们的大情怀、大构想、大手笔，报答他们热爱的这片山水了。

刘玉高、柯小海他们之所以对此信心饱满，干劲十足，绝不是逞什么匹夫之勇，他俩对“森林公园”的概念，是有着相较于他人多得多的认识与憧憬。特别是刘玉高已经拿到手里的这处森林公园，可是有着别处森林公园所不具备的大好条件。按照原初的规划，森林公园距离黄陵县城仅40千米，内有《山海经》里描绘得如诗如画的沮河主流，以及众多支流，山林与水脉相交融，水脉与山林相滋润，而最使人期待的，就是中华民族的伟大始祖黄帝，晏驾后即安葬在这片山林中的桥山上！

试想一下，哪里有这么得天独厚的历史人文景观，以及自然山水景观呢？

我在采访中，走访了相关部门，查阅了这处森林公园的整体规划，知道整个公园的规划面积达4358.5公顷，南北横跨14.8千米，东西横行9.8千米，最高海拔1547米，年均气温9.4摄氏度，山林覆盖率98%，地貌之独特，气候之温润，仿佛黄土高原上少有的一处仙之境、神之域……专业的调查统计显示，山林中各类动植物有750多种，生态环境是非常好的呢！

周边环境更为吸引人，有诸多使人神往的地理优势，像是一颗颗璀璨的人文历史珠翠，环绕在这片神奇美丽的森林公园周围，东去40千米就是著名的黄帝陵旅游景区；南下20千米即是皇家避暑胜地玉华宫；西往60千米又是红色根据地照金、香山；北上便是天下闻名的黄河壶口瀑布，以及伟大的红色革命圣地延安了。

能在这样的一个环境里，做点自己的贡献，是刘玉高和柯小海的梦想。

梦想到手，要实现了，可是不敢草率行事，不做出让人满意的规划，他们是不会乱下手的。作为项目的主持人，刘玉高先后延请了十多批次的专业人员，深入这片林地里调研，最后在原有的基础上，他们做了新的规划及预算，打算拿出12.7亿的投资，在保护好景区环境的同时，分两步走，对景区进行适度的开发建设。

森林公园的南口，选择在镇腰坪乡的潮塔村，那里的开发建设还算顺利。但是北口的建设却不那么顺利了。原因是规划中那处地方，在征地等方面，都遇到了刘玉高不好解决的问题。费用太高了，刘玉高不能把有限的资金，投放在让他难受的地方。柯小海的索洛湾村，是不是一个选择呢？刘玉高心里想着，就给柯小海通了一个电话，没说几句话，就把刘玉高心头上一个大疙瘩解开了。

柯小海盼望着森林公园的北口能够建设在他们索洛湾村，因为这会是索洛湾村经济发展转型的一个好机会。

49

刘玉高和柯小海两个陕北高原上的汉子，可以携手来为这片山水，做出他们梦想中的努力了。

柯小海之所以能与刘玉高一拍即合，不仅有他对刘玉高本人的高度认同，也还有他对森林公园项目的认识。刘玉高把森林公园项目拿到手前，柯小海就早在心里思谋这件事情了。柯小海是结合索洛湾村的经济发展态势，一步一步向这个方向思谋的。

老祖先说了，“靠山吃山，邻水吃水”。

索洛湾村既被重重大山围绕，又有沮河缠绕，他们身处在这样一处风水宝地当中，不去依靠这里的山，不去利用这里的水，只能说是他们的愚钝、不咋开化。其中更多的村民，还把他们身处的山水优势，看作是他们的劣势，开口穷山，闭口恶水。年少时的柯小海，曾也受到这种情绪的影响，使他痛苦难受过，也使他沮丧失望过。他是在自己成长的过程中，大胆地走出去，见识到了依靠山水地利优势发展自己产业的村庄后，才慢慢地改变着他的观念，还有他的思维。他因此想着能否学习人家外地的经验，也把他们索洛湾村打造成一处公园式的村庄。为此，柯小海寻找了林业以及旅游方面的专家，还找寻了一些景区和公园建设方面的专家，虚心向他们讨教，并拿出了一个初步方案，几次在村两委会上讨论。

柯小海可能走得超前了，村两委会的人一时还赶不上他的步子。所以他的带有森林公园意义的村庄建设规划，没有获得足够的支持。

不过，柯小海没有放下他的追求与梦想。

柯小海需要等待时机……这个等待是漫长的，也是痛苦难耐的。柯小海曾无数次站在窨子沟的沟口上，望着满山密密麻麻的林木，内心充满了遐想，他对照自己走过的一些先进村庄，想他们索洛湾村为什么就不能把他们过去认为的穷山恶水，改造成流金淌银的福窝窝！

柯小海越是站在窨子沟的沟口上，把他们索洛湾村的山水地势看得越勤快，他就越有信心。

柯小海记得有一次，他把窨子沟看得时间久了，竟然把他看得如同通了神一般，居然看得穿森林密布的大山，远远的那一边，闪耀着一种绚烂无比的五彩霞光，那灿烂的霞彩里，有索洛湾村民富裕起来的歌唱、富裕起来的舞蹈……在那个时候，柯小海不知他歌唱了没有？不知他舞蹈了没有？总之在他回头过来，面向他们初步富裕起来的索洛湾村，一幅谁都不能阻挡的蓝图，在他的心里瞬间绘制了出来。

春风吹来了山川秀美，
山鸟歌唱又把喜讯报。
党的政策变好了，
咱们的光景好过了。
……

风儿吹过劲头从那心上起，
挽起个袖子抡起个腿。
赤脚片子全抖开，
新生活任咱张开胳膊去搂抱。

恍惚间的时候，柯小海记得他隔山隔水听见的就是这样一曲信天游。他知道这曲信天游的名字叫《山川美》，刚刚在他们陕北的地界上流行。流行着许多人是都会唱了呢……这曲信天游仿佛一声鼓舞人心的号角，柯小海村庄公园化的梦想，即在那美妙的信天游歌声里成熟着，现在就要起步了。

当真是瞌睡遇着了枕头。刘玉高拿下森林公园项目，打电话给柯小海，要把原来规划的公园北大门，挪到他们索洛湾村来，他们俩能不合作起来干吗?

干的决心有了，干的方向有了。但是在怎么干上，还有许多事情要协商，柯小海分析了当时存在的一些问题，首要的还是村里干部的思想观念，必须纠正过来才行。干部的思想观念不改进，群众的观念就更成问题。对此，柯小海没有畏难，他在说服大家的同时，把村委会里的干部和村里的党员骨干，分批拉出去考察培训，开阔他们的视野，让他们在事实面前接受教育。

关中道上的礼泉县袁家村，他们统一去了；关中道上的兴平市马嵬驿，他们统一去了……走出去看了人家的发展方向、规模和势头，村里干部党员的思想观念在改变，大家慢慢接受了柯小海的谋划，但在柯小海看来还是不够的，他需要全村群众的思想观念，都能有一个质的飞跃，那样做起来才会千人一心，获得新的成长。

因此，柯小海自己向村里人宣传他对索洛湾村新发展的理念，也让与他一起走出去，跑了些地方，有了新见识的村干部和党员骨干们，给村里的群众宣传普及……索洛湾村的老百姓，在他们不懈的宣传普及教育过程中，渐渐地都有了一个正面的认识，觉得能把他们陷在泥土里的腿脚，拔出来点儿，实现一种别样的生活，也是非常迷人的呢！

柯小海在与我的交流中，他说到这个过程时，我的记忆里一句路遥在他《平凡的世界》说过的话，蓦然涌现在了我的脑海中。我把这句话说给了像我一样喜欢路遥的柯小海。我念念有词：

“一种真正美好的感情，像酒一样，在坛子里藏得越长，味道也许更醇美。”

我刚把路遥的这段话念叨出来，柯小海就呼应起了我。

柯小海说：太对了！太对了！

索洛湾村的人，不独柯小海深深地感怀着索洛湾村新的发展，村里其他的人，也都深深地感怀着索洛湾村新的发展。过去，大家苦于找不到好的方向，柯小海带头提出来了，大家起初还有怀疑，不怎么积极。但那又有什么要紧的呢？不过是在增加大家对于索洛湾村新发展的感情罢了。

大家的思想观念改变着，变得统一起来了。

柯小海因此就有了施展想象和拳脚的余地，他与刘玉高沟通交流了几次，那个“搭车法”的理念，便在他的心里越来越清晰，越来越有眉目了。

搭刘玉高接手森林公园项目的车，配合他，把索洛湾村融入进去，成为公园的一部分，那该是多么令人向往的事情啊！

柯小海带着慢慢成熟于心的设想，又与刘玉高沟通交流了。

对索洛湾村的历史知识和地理环境了如指掌的柯小海，把刘玉高请了许多专家搞出来的规划，认识研读后，给他补充性地说了他的一些想法。柯小海说了“小石崖”革命旧址的红色品质，与森林公园的绿色景观，水乳交融，相得益彰，红色的质地，可以丰富绿色的内涵，而绿色的浪漫又可以增加红色的意义。这样一来，爱国主义的教育作用，能够得以彰显，自然风光的体验作用，又能得到深化。

俩人的交流，彼此都有启发。刘玉高赞赏柯小海的设想，但有一些问题，还需要继续磨合与探讨，让柯小海的“搭车法”暂时地还得休眠些日子。

50

柯小海对此要说不急，那一定是假话了。

柯小海为了索洛湾村而制订下来的“搭车法”方案，不能融入刘玉高的森林公园中去，就不只是他柯小海梦想破灭的事情那么简单，而是索洛湾村未来的发展，将会找不到头绪……心急着的柯小海等待来了一个机会。他与我在说这件事情的时候，冥冥中以为是天作之合，而促成了人之所愿。

刘玉高来找柯小海了，这一次他是有求于他了呢！

按照刘玉高的规划，在森林公园的施工过程中，遇到了一些让他大为头痛的事情。最突出也最关键的就是建设用地问题了。涉及的个别村子，对森林公园的建设用地，不分青红皂白，坐地起价，开口十分离谱，行政协调也不顶事……费尽周折的刘玉高，在他想着柯小海的时候，他们二人灵犀相通似的就走到了一起，再次地说起了合作的事情。

柯小海明白无误地告诉刘玉高：你别费那些闲劲儿了。

柯小海坚持他“搭车”森林公园建设的设想，劝说刘玉高不要受作难，就把公园的北门设在他们索洛湾村。这么做的好处是，不仅索洛湾村搭得上森林公园的车，让他们村子的未来实现公园化的目标，还能扩大森林公园的规模，容纳更多的山林景点，使森林公园的格局和框架，上到一个新的台阶。

刘玉高被柯小海的执着惹笑了。他说：我是要服你了呢！

刘玉高说：按你说的做下来，游人进入景区，要多走四五个钟头哩！你想想，全都是山路，走得下来吗？

柯小海继续说服着刘玉高。他说：都是山路不假。但不是白走，一路走，一路的风景，哪个游人会嫌景区的风景少了？

柯小海说得来了劲。他还说：不只景色好，富含氧离子的空气更好！游人进入景区，多走些时辰，就多吐纳些高质量的氧离子，他们开心还来不及哩，你说是不是。

他们两个好朋友争执辩论了好几个回合，还不能说服刘玉高，柯小海和村委会的干部一起邀请刘玉高，到他们索洛湾村实地考察了。刘玉高来得那叫一个隆重，带了自己的规划团队，可说是浩浩荡荡地进了索洛湾村，一口水不喝，一杯茶不接，就拉着柯小海让他带路，一行人逶逶迤迤从窨子沟的沟口走进去，走到胶沟，然后又翻上山头峁、马天梁、西头峁、东头峁、河南梁、上楞子……最后落脚在了百药沟。

把索洛湾村周边的山山水水走得烂熟的柯小海，在百药沟的沟口上，招呼大家歇一歇脚，他给大家讲说起了百药沟的革命史。

柯小海的讲说有根有据，都是听他大伯柯玉斌和父亲柯雨荣给他说的呢。他转述大家说，这一带在大革命时期，是游击队闹红时经常活动的地方。林业部门对这条沟的管理也非常严，是他们索洛湾最大最深的一条沟，自然生态也是最好最美的一条沟。柯小海的述说引起了刘玉高他们极大的兴趣，大家是已走得很累很累了，但经不起柯小海一番鼓动，就又都精神抖擞地往百药沟里钻了……峰回路转，流泉淙淙，鸟啼蝉喧，云飞雾绕，身在百药沟里，使他们大家如入仙境一般，眼界突然为之清爽，身心顿然为之舒爽。他们忘记了劳苦，忘记了时间，到后来攀上百药沟沟梁顶上时，天色已快黄昏，夕阳似燃，把一道一道梁，一条一条沟，渲染得灿烂无比，一道梁是一道梁的景色，一条沟是一条沟景色。

刘玉高看得一脸的迷醉。

柯小海看得也是一脸的迷醉。

还有一起走进来的规划团队专家们，已然看得一脸的迷醉。

柯小海趁热打铁，把他要说没说完的故事，再给刘玉高和他的规划团队说了。他说百药沟的来历可是不简单呢！之所以有此大名，全赖咱们的老祖先轩辕黄帝，他老人家当年在这条沟里颐养生息，尝遍了这条沟里的百草，发现了百草的秘密，是能够治病救人的！老人家因此久居这里，享受着这里山的幽寂，水的幽明，还有仙露云雾的润泽，为华夏民族留下了一部《黄帝内经》的药典类书，让我们子孙后代千年万年地享受着他老人家的恩泽，而他老人家自己，亦在这百药沟里，长命过了百岁，而达一百一十七岁！

刘玉高听柯小海说到这里，他开口说话了。

刘玉高说：你柯小海把咱们森林公园的车是搭上了。

柯小海的反应特别快，他在刘玉高的话音没落下来，就呼应上来了。

柯小海说：搭车走新路！

第十一章

山村公园化

51

接受了采写脱贫攻坚先进典型的任务后，我来到索洛湾村，在柯小海的陪同下，也进了百药沟，当然还爬上了百药沟的沟梁顶上。

我在百药沟的沟梁上，看到的景色应该还是柯小海、刘玉高他们当时看到的。不过我来看到的，已经被他们科学地开发出来了……道路如练，仿佛一条缠在百药沟山梁上的飘逸的素绸带子，我们驱车很快就爬到了百药沟山梁的最高处，站上了他们精心设计打造出来的观景台上，东眺西望，北观南瞻，一时之间，只觉自己的眼睛不够用了。夕阳下的四面山水，尽收眼底，我很想把眼前看的景观描写出来，但我搜肠刮肚，竟然找不出一两个能够描写这一处山景的词句，什么别人用过的层林尽染、美不胜收、蔚为大观、巧夺天工、美妙绝伦、别有洞天、重峦叠嶂、山明水秀、万般锦绣……我不能再罗列了，因为不管我如何罗列，都不能很好地写出这片山色的绚烂与美艳。

也就在这个时候，柯小海的大伯柯玉斌，还有他父亲柯雨荣当年在这里闹红时的情景，蓦然涌入我的脑海，使我不能自禁地吼起了一曲信天游：

红军共产党来了天心顺，

咱老百姓嘛就随红军。
一人一马一杆那枪，
咱们的红军势力壮。
……
镰刀斧头嘛老镢头，
砍开那大路百姓走。
革命的气势大无比，
红旗一展那天下都红遍。

我的一曲信天游，别说柯小海被惊呆了，连我自己一时都觉得不可思议，怎么就在爬上百药沟来，会吼出那么一嗓子？柯小海呆呆地把我看着，看着我吼唱到落下音来，他不无惊讶地问了我两句。

柯小海问：你会吼唱信天游？

柯小海问：你咋吼唱了这一曲信天游？

我回答柯小海了。说我是热爱信天游的，写了不少陕北的小说和散文，都是受了信天游的启发哩。我爬上百药沟来，身临其境地想起你讲给我的故事，知道你大伯、你父亲他们闹红钻梢林，给予了梢林红色的记忆。我们后来者，难道不能在红色记忆的图谱上，涂抹上些新的色彩吗？

我说得兴起，就还回过身来，抬手指向如诗如画地耸立在森林公园的索洛湾村，给他说了。

我说：你们索洛湾村以自己的实践，实现着前辈们革命想要获得的成果。

我的话把柯小海说得沉默了起来。这是不难理解的，因为想要实现前辈们的梦想，可也是柯小海他们索洛湾村人的梦想哩。但要知道，实现的过程，是太不容易了，大费了柯小海的一番功夫。正如刘玉高建设森林公园时遇到的问题一样，首先还是个土地的征用问题。

柯小海说服刘玉高，把森林公园的北门调整到他们索洛湾村，但刘玉高前期耽搁了不少工期，想在这个时候补上来，就给柯小海提了一个非常紧迫的时间要求，希望能在一个月的时间内，完成土地合同的签约授权。柯小海看得出刘玉高内心的焦急，人家既然按照他的谋划，把森林公园的北门调整来了，他就必须给人家一个态度。

柯小海冲着焦急的刘玉高笑了笑。他说：不要一月时间。

柯小海说：三天就够了。

刘玉高以为他听错了，瞪着一双大眼睛，看着柯小海把他的耳朵揪了揪，问起了柯小海。

刘玉高说：哄我开心吧你？

刘玉高说：我三天把施工设备开过来。

柯小海说：我不哄你，三天后让你的施工队进场施工。

柯小海说：我和我们索洛湾村的村民给你放炮庆贺！

话是这么给刘玉高说了，但真要在三天时间里把森林公园北门口需要的土地交给他，绝不会手到擒来般那么容易。虽然他有了“搭车”森林公园建设的决策，也做了些前期的准备，真到拿地的时候，再向村民说明情况，而获得多数人的同意与支持，还是有些难度的。柯小海的个性是，没有难度的事情倒提不起精神，而有了难度，他会更加积极奋勇。

向刘玉高口头打了三天的保票后，柯小海回到村里来，先与村干部和党员骨干沟通了一下，这便喊来全体村民，召开大会，向村民们说明情况了。柯小海从“搭车”森林公园项目，对索洛湾村未来的发展，给予了非常清晰的梳理与解释。会上，因为柯小海提前统一了村干部和党员骨干的意见，到了讨论表决的时候，虽然获得了大多数村民的理解，可是还有不少人提出了不同意见。其中有人表达得还很激烈，说是索洛湾村偏在深山沟里，挖煤掏炭是他们的优势。森林公园有什么优势呢？发展旅游，谁来咱山沟沟里旅游呢？

柯小海这时在索洛湾村的威望，他可以在大多数村民同意的情况下，不顾少数人的意见，强行通过决议，给森林公园腾地搞建设了。但他没有那么做，而是耐心地给心存疑虑的村民，做进一步的说服工作了。

柯小海把他前边争取刘玉高时，说给刘老板的话，又耐着性子给村民们说了。

柯小海从黄帝陵景区说起，说了黄陵县的总体旅游，有一个黄帝陵，让全国各地来黄陵县的游客，游了黄帝陵后，就没有别的地方去了。森林公园是对黄帝陵景区的一大弥补，可以使全国各地的游客，兴高采烈地到黄陵县来，再欢天喜地地走进森林公园里来，观景康养，既能通晓黄帝陵的深厚博大，又能体会黄帝文化的源远流长，是非常有前景的呢！

部分村民虽然还半信半疑着，但大家相信柯小海，因此就都没有坚持他们的意见，同意了森林公园把北大门建设在他们索洛湾村的规划。

52

村民们有了一个统一的意见，土地的问题就好解决了。

因为森林公园所需的土地，基本都是村集体所有的荒地。不过在签订合同时，怎么补贴，是还需要与刘玉高协商谈判的。对此，柯小海没有一个人去，他与村委会的人一起去了刘玉高的公司，找到他，与他当面锣、对面鼓地谈了。他们双方开诚布公，谈得还算顺利，出租的基础价为每亩 1200 元，此后按照全县经济增长的比例逐年提高。

带着他们谈好的价钱回村来，向村民汇报，大家听到这个价码，一下子吵闹得几乎开不了会。

村民的意见很集中，租给二号煤矿上的土地，每亩是 5000 元，给他们森林公园怎么就少到 1200 元？这差别也太大了吧！

柯小海没有与村民们争执，他让大家充分发表意见和看法。到大家说得口干舌燥，没有别的话说了，他还是没有说话。因为他提前有个安排，要村委会里的干部们都先来说。干部们说了后，他再条分缕析地给村民们说。柯小海说得不急不慢，他说5000元与1200元，孰多孰少，大家不要吵吵，他们干部一块去与人家谈，没人不知这个租价是比二号煤矿上低。为什么低呢？煤矿上用的是咱们的好地肥地，撒把种子能长庄稼的地。森林公园租用的土地是什么呢？咱们撂荒没人种的地，一年一年地荒着，颗粒不收，分文不得。那个时候，大家怎么就没有意见。现在是多是少，咱们都是得，咱们的意见倒来了。我不强求谁，谁给咱的撂荒地一亩1200元，我租给谁……柯小海说到这里停顿了一会儿，等着有人说话。他没有等来，就又自己说了起来。他说没有人租用是吧？这就是我们心胸和眼界的问题了，不能只看眼前的利益，而是要往远处看呢！

柯小海说到这里，又停顿了一会儿，拿眼睛把大家一个一个都看了过去，他是想看还有谁提意见。结果还是没有看到谁提意见，因此他就说得很坚决了。

柯小海说：不是我给大家开空头支票，咱们耐下性子等一等，等到森林公园开园后看吧。

柯小海说：我相信不论集体，还是个人，在森林公园获得的收益，是二号煤矿远远赶不上的呢。

柯小海把话说得掷地有声。他在取得村民们的统一意见的日子，刚好是他给刘玉高打保票的第三天。柯小海通知刘玉高，让他到索洛湾村签订合同来了。

刘玉高听到柯小海的来电，他没有立即相信，在电话那头还把柯小海连问了两句。

刘玉高说：是真的吗？

刘玉高说：我的血压不太稳。

柯小海肯定地告诉他：君子一言，驷马难追。

柯小海说：咱俩还都算得上君子吧。

刘玉高心头上的一块石头，在柯小海的君子之言里，落下地来。

刘玉高后来回忆他经历过的那三天，说他就没吃好一顿饭，没睡好一场觉。他内心的忐忑，以及担忧，大了去了。租用索洛湾村的土地那么多，而他与柯小海他们村干部谈下来的租价，又是那么少，柯小海和村里的干部同意，索洛湾村的村民们能同意吗？接到柯小海打给他的电话，刘玉高是高兴坏了，但他还存着些内疚。想他把索洛湾村村民们的眼界没看出来，在这样的一个认识基础上，刘玉高到索洛湾村来签订合同，他不禁给柯小海和索洛湾村的村民竖起了大拇指，而且在森林公园建成运营招募劳务人员时，全力向索洛湾村的村民倾斜。

在刘玉高的心里，索洛湾村的人眼界远、素养好、品德高、靠得住，这样的人不大胆地用，还会考虑谁呢？

咱不能亏了索洛湾村的人！刘玉高后来提起这件事，总要这么来说。

在柯小海和索洛湾村村民的全力支持下，黄陵森林公园很快投入到施工建设的攻坚阶段。他们在索洛湾村的北门口建设，租用了480亩土地，因此还把原先规划设计在南门口的一些项目，也转移到北门口来建设了。

北门口的建设，竟然成了整个森林公园建设最早开工的一个……以此为契机，刘玉高把他们业已制订好的规划，做了许多调整，即后来实施完成的核心区“一谷、一岭、一寺”，与配套区两个小镇“潮塔小镇、双龙小镇”。核心区的那一谷，即为“轩辕养生谷”，一岭即为“飞龙岭景区”，一寺即为“紫峨寺景区”；两个小镇的双龙小镇，因为北门口的存在，索洛湾村既深度融入其中。特别是“轩辕养生谷”，便全都是在索洛湾村的“百药沟”里实施建设的。

不用柯小海给我说，也不用刘玉高给我介绍，在我走入百药沟里来，游览了这条神奇的山谷后，亦看得明白，以“百药沟”为根本，打造出来的“轩辕养生谷”，不仅扩大了森林公园的格局，更是深化了森林公园的内涵。他们经过多方面的论证与重新设计，挖掘出了包括降龙湖、十里松廊、湿地草甸、蝴蝶谷、万卷书（也称黄帝石）等各具特色的游览景点。而生态文化体验的丰富性，更是别处所少见的，譬如百草药种植园、蝴蝶科普馆等。当然了，黄岐会馆、养生度假馆，对关心身心健康的人，更具浓厚的吸引力……特别是索洛湾村所在的公园北门口，就愈发地让人要流连忘返了。

我的记忆在这里一下子显得不够用了，就掏出我装在裤兜里的手机，找到记事功能，打开来一个景致一个景致地来记了。依次为游客服务中心、三生门和广场、生态酒店、丹湖、降龙湖、七星岛儿童乐园、卡丁车游乐场、十里慢游步道、香林食府、习静亭、树顶漫步、动物园、树屋、小木屋等，再还有攀岩、拓展训练、野外露营等更为野性刺激的项目，也在如火如荼地建设着。而特色鲜明的热泉养生项目马上就要开馆迎客了。

走在百药沟里，继续往纵深去，向南即可到达飞龙岭景区。

最初的规划，飞龙岭景区没有这么大的规模，也没有这么多的景点。由于柯小海的建议，把游客进山旅游的北门挪移到了索洛湾村，让飞龙岭才真正地像条巨大的飞龙，活灵活现在了游客们的眼里。我是在游览罢百药沟后，与县委宣传部的几位同道，没有出沟来，选择了沟内一户人家，吃了顿那户人家说的“百姓菜”，歇了歇脚，向南走上飞龙岭的。

下笔到此，我是要把那户人家的“百姓菜”说道说道的。

城里大馆子餐桌上的鱿鱼海参、龙虾海贝等拿钱的菜品，“百姓菜”里是找不着影子的。有的是小鱼儿、小青菜、小炖锅等小的吃货。我大嚼大咽了一番后，感慨人的嘴上，其实是很贪小的呢！并不是大的吃货就好，而小的吃货，才是入心入肺的呢！端给我们的鱼儿，应该是从沟底里的溪流中刚捞回家的，裹上些面糊糊，油炸一下，既香且酥；小青菜好像也是刚从地头上拔回家的，拔的时候，在身边的溪水里洗一洗，投进热锅里炒出来，似乎还带着田野里的那一种清香；小炖锅肯定是他们家养在院门前满山乱飞乱走的鸡儿了，在锅里炖着的时候，即已引人垂涎；还有地软小包子、小米稀饭，不是我嘴馋，是我厌烦了城里的那种“大”，凡事都要大，好像大了就好。其实不然，这是我在百药沟吃了一顿“百姓菜”后，才突然明白的。

小老百姓的日子，恰恰就在那一个“小”字上。

因为小日子，才正是小老百姓过的日子哩。

在百药沟里吃小老百姓的“百姓菜”，并不是我们一行，在我们的前头就有一拨人，在我们之后，又来了一拨人。

53

吃罢“百姓菜”，我们就往飞龙岭上去了。

蜿蜒飘摇的飞龙岭全长六千余米，整个形状仿佛飞龙滚地而来的一段纤腰，很是柔和地把轩辕养生谷与紫峨寺景区，连接成了一个整体，使森林公园因此而景象万千，驱车是可以行走的，但没有步行那么自在。我们漫步在参天的古木之下，曲径之中，耳可以随时听闻鸟语，眼可以随时观看花色，一石一木，无不沾染着华夏文明隆兴的气息，并豪迈地散发着自然龙脉所有的灵异与吉祥。

哦！那不是在建的公园二期工程黄帝巨形雕像吗！

哦！还有子午三塔！

柯小海“搭车”森林公园建设，为早已脱贫致富的索洛湾村谋划的新发展思路，业已呈现出非常亮眼的成就。

2015 年 5 月 10 日，黄陵森林公园在位于索洛湾村的北门口，举行了隆重了开园仪式。五彩的气球，挂满了北门，还有五彩的旗帜，在风中猎猎飘扬，蹿天而起的炮仗，以及铺地炸裂的鞭炮，把开园仪式推向了高潮！闻讯而来的游客，当天把宽敞的北门口挤得水泄不通，而更多的来宾，即已蜂拥进了园区之中……开园半年的时间，到12月份的时候，黄陵森林公园即已跻身进了国家“AAAA”级景区行列。

统计数字证明，森林公园的游人及收益，逐年都在提升，2007年时，即达4000余万元，现在年收益基本稳定在5000余万元的规模上。

我在索洛湾村采访，见到的村民都说，他们索洛湾村成就了森林公园，而森林公园也成就了他们村庄，使他们一个过去落后破烂的小山村，如今成了远近闻名的公园村。

如今的索洛湾村，因为森林公园的启动，让他们这个原来已富裕起来的小山村，一下子名声远播，全国各地的游客在来过这里后，把公园化的索洛湾村，也带向了四面八方。

市场化了的今天，没有点儿自己的名声，别说搞旅游了，便是村里的特产什么的，也都难以走通。索洛湾村有了他们自己的名声，“搭车”森林公园，很自然地也就搞起了他们的旅游，并且由此，还进一步地带动了他们村的特产山货的销售。

乡村旅游的好，柯小海与村干部及党员骨干们，在看过别处的这一发展模式后，知道是个来钱的好办法。

黄陵森林公园开园了，他们决计要搭这辆前途远大的车辆，但怎么搭，还是需要认真对待的。跟风去搭，可能搭不出效益来，而且还可能造成不必要的损失。柯小海对此是已做了比较详细的思考，他在森林公园入驻的时候，虽然多次给村里人讲了他的思路，到正式具体实施的时候，还得做更为细致的分析。

柯小海是这样给村里说了的，认为他们索洛湾村与森林公园，在旅游项目的设置上，必须遵守差异化的原则，森林公园做了的项目，索洛湾村就坚决不做，而森林公园未做的项目，他们索洛湾村拾遗补缺给做出来，方能获得双赢的局面。

索洛湾村与森林公园是一个整体，能不能借助森林公园的建设之风，把村子建设成一个黄土高原上，具有指导性意义的新农村示范社区，成了柯小海必须考虑周全的事情。因为公园化乡村建设的精髓就在于此，不如此，谈何公园化？

但柯小海的这个提议，显然超出了许多人的想象。

大家“搭车”森林公园，开始想的是能在游客到来的北门口，开店售卖山里的特产，甚或是小吃小喝的一些小生意。没有人往柯小海想的这个方向上想，他提出来了，没有多少人响应是个问题。但是柯小海不急，他做任何工作，都没有强迫过谁，这一次就更不会了。他有一套自己的工作方法，那就是先统一村干部和党员骨干的思想，然后再做群众的工作。柯小海的这套工作方法，在以往的工作实践中，还是很有效果的。所以在他提出来后，就召集了村两委会议，村民代表会议、村民大会等一系列也必须开，而且一定要开好会议，分级分层来做大家的说服动员工作。

柯小海给大家做说服动员工作，不像我们许多领导干部一样，满嘴放之四海而皆为真理的大话。那些话他不会说，即使会也绝不说，他说的都是村里群众听得懂、入得耳的家常话。他给村上的干部和党员骨干咋说，就也给群众咋说，绝不隐瞒他所说事情的本质。

我从村里群众的口中得知，柯小海当时是这么给大家来做说服动员工作的。他说咱们索洛湾村是发展了，大家不愁吃，更不愁穿，咱们是解决了基本的温饱问题，初步走上了小康之路。但这不能成为咱们村裹足不前的障碍，那会影响咱们村的进步哩！咱们还要在小康路，向更高标准、更大目标继续坚定地、不停步地走哩。

柯小海的说服动员说到交关处，他还给大家打了一个很有趣的比方。

柯小海说的这个比方，是索洛湾村人过去的生活中最常见的一个景象。那就是驴拉石磨碾米磨面了，给驴子戴上笼嘴，套进磨道里，一整天都在走，但能走出个啥呢？就只在磨道里转圈圈，一圈一圈又一圈……咱们使唤驴子拉磨的人家，想要驴子走得快一点，还可能给驴子的脖子戴一串响铃，驴子走一步，响铃跟着叫一声，对驴子倒是很有鼓动作用哩。但驴子走得出磨道吗？它是走不出磨道的……柯小海这么给大家比方着说，有人是听出些味道来了。

听出来后就在下边议论了，有人说：柯小海这不是骂咱们哩。

有人说：他就是骂咱们哩。他骂咱们都是一头没出息的驴子！

下边的这些个议论，柯小海是都听到了。

听到了的柯小海，就抓住下边的议论，再给大家说了。柯小海说咱们索洛湾村前面的进步与发展，可不就是一头驴子，只在咱索洛湾村里打转转。咱们赚的每一分钱，咱们吃的每一嘴食，咱们呼吸的每一口风，出过索洛湾吗？没有吧。咱们还想有更好的未来，更大的发展，就得像驴子一样，从磨道里解放出来，才能走得快、走得远。

柯小海简洁质朴的比喻，让村里人一下子就听明白了。

有了这样一个基础，下来再说新农村示范社区的建设，就也好说了。柯小海趁热打铁，把村干部和党员骨干们的工作做好后，当即召开村民代表与全体村民大会，给大家讲新农村示范社区的建设，就是要满足农村居民们不断提高了的生活物质需求。为此，就必须打破城乡二元结构的藩篱，让城乡互通互融，共享经济发展和社会进步所带来的物质与精神文明成果。具体方案，就是在索洛湾村以中心村为核心，以农村住房建设和危房改造为契机，用三到五年的时间，实现索洛湾村社区建设全覆盖；与此同时，还要以新型农村社区建设为抓手，积极妥善地推动迁村并点行动，促进土地集约化水平，充分做到资源共享，全面提升索洛湾村里的基础建设和公共服务水平……逐步实现索洛湾村的基础建设城镇化、生活服务社区化、生活方式市民化。

掷地有声的说服动员，极大地提高了索洛湾村群众的认识水平，大家齐心协力，为索洛湾村的新农村社区化的发展前景，高效率地行动起来了。

54

采访活动中间，我见到了一位姚姓的索洛湾村女性，她的见识就很不一般。

姚姓女子给我说：索洛湾村现在的生活水平和生活质量，他们城里人可能要望我们而兴叹呢！她说了，她先生就在县城工作，上个世纪的九十年代，她跟随先生脱离开索洛湾村，也进入了黄陵县的县城里，做了先生的家属，并在县城找了一份工来打。二号煤矿入驻索洛湾村来以后，她并没有立即返回村上来，而是一次次回到村上探望亲属，看到了索洛湾村的变化，才从县城迁回村里来的。回到索洛湾村，不仅照顾家里的老人方便了，而且在自己的家门口打份工，出的力不比县城时大，而收益还比县城时要好。她是先回村上来的，先生经常要回来看家里人，也慢慢地被村里的变化所触动，就也回到村上来了。

现在的情况是，姚姓女子的一家人，安居在索洛湾村子里，幸福融洽，快乐安逸。

村民赵崇斌是他们索洛湾村公认的一个秀才，他成长在索洛湾村里，懂事听话善读书，是村里读书把自己读出村，进入到大城市里的大学深造的人。他大学毕业了，把他的求职资料挂在网上，挂了很长一段时间，也参加了许多单位和机关的招聘，最后都没有入职。

千般委屈、万般失望之时，赵崇斌回索洛湾村里来了。

赵崇斌住在家里好几天，都不愿出门见人，哀叹他空有满腹学问，却找不到发挥他用武之地的地方。柯小海了解到了赵崇斌的情况，他非常理解他，又非常关心他，就去找他了。

柯小海首先向他介绍了索洛湾村在他读大学期间发生的变化，让他了解他们村子的发展前景，是非常吸引人的，而人才又是多么匮乏。

在把村子里的基本情况都告诉了赵崇斌后，柯小海把他来找他的想法和盘托了出来，给他说了。柯小海说大城市有大城市的优势，小山村也有小山村的优势，只要自己有理想、有目标，在村子里扎下根来，脚踏实地地做好自己的事情，同样能够发挥自己的主观能动性，用自己掌握的现代化科技知识，闯出一番辉煌的业绩来呢!

赵崇斌的心，被柯小海的一番话打动了。

在大城市里几番挣扎，几番沉浮，赵崇斌需要柯小海这样推心置腹的开导。他听懂了，更听明白了，并把柯小海说给他的话，回味了几天，终于是痛下决心，抛弃了大城市的种种幻想，决定就在他们索洛湾村，开创一个属于自己的未来。

赵崇斌挂在网上，结合他们索洛湾村实际，对照网络上的讯息，发现与他们索洛湾村相邻的甘肃省部分山区乡村，栽种山核桃种出了大市场，他就简单地收拾了一下，背着个他在大学校园里背出了时间感的那个小背包，激情满怀地去了甘肃省那边，找到山核桃栽种很有规模的一个村子，埋头在一户有此热心肠的人家里，向人家虚心学习了。他自觉学习得可以了，就千恩万谢地离开他们，回到索洛湾村的家里来，开始了他的创业尝试。

但是钱呢?

赵崇斌可以从村子租来闲置山地，然而购买树苗要钱，雇用民工更要钱。他口袋里空空的，没有几个可用的钱。可是他又特别要面子，不愿跟他人张嘴，就暂时地拖着……柯小海自从看出了赵崇斌的困窘，他再次地主动地找他了。

怎么样啊?

柯小海找到赵崇斌的家里去，开门见山地就问他了。

赵崇斌耗在家里，似乎就等柯小海来。他来了，淡淡地问了他一声，他即核桃枣儿地，把他的想法，还有他去甘肃邻县考察学习的情况，都给柯小海满盘子满碗地端了出来。赵崇斌说了，山核桃的市场前景非常好，大可期待……前面的几句话，赵崇斌说得很流利，也很有自信。但他把那几句话说过后，即吞吞吐吐说不顺畅了。

柯小海什么人没见过，什么事没经过。他与赵崇斌几句话一说，就知道他想创业，手头上没有创业的经费。这么一想，柯小海笑了，他微微笑着给赵崇斌交了底。

柯小海说：需要多少经费？

赵崇斌红着脸说：初始有个三几万的就够了。

柯小海说：这不是难事。

柯小海说着站起来，拉住赵崇斌的一只手，让他跟他去了一趟信用社，从他的户头里取出三万元扎着封腰的现款，交给了赵崇斌，帮助他注册成立了一家山核桃深加工的企业。

赵崇斌毕竟是个有大学问的人，他给他的核桃深加工企业起了个很有文化味道的名称：黄陵县乾绵和山核桃有限公司。

公司成立于 2014 年 4 月，是陕西省当时规模较大的山核桃深加工企业。公司业务就是利用子午岭地区天然的野生核桃，集中收购起来，精拣细选，选择品相品质优者，包装起来，采用线上交易的方式，向市场推送。当然也绝不偏废线下的功能，双管齐下，成立当年，就取得了非常可观的业绩。

赵崇斌有学问，脑子活。他在集中收购回企业的核桃中，于拣选的时候，发现了一种花纹精美、色泽自然、品相独特的核桃，他拿了两枚回了他的办公室，一边仔细地把玩，一边细心地琢磨，他那么把玩着、琢磨着，突然地灵机一动，认为这种山核桃，太适合制作那种市面上极为受人追捧的文玩核桃！

这一发现，与接下来的灵机一动，让赵崇斌喜出望外。

赵崇斌的长项就是他的知识积累。他把自己默默地挂在网上，搜集着文玩核桃的各种信息，让拣选核桃的员工，照着他的指导，在一大堆一大堆的野生山核桃里，把那种可做文玩的核桃都挑出来，寻找制作文玩核桃的专业人士，组建起专业化的队伍，使他们的野生山核桃，笨鸟儿变成了凤凰，飞出他们的小山村，进入了大城市的文玩市场，极大地提高了野生山核桃的文化品位，以及经济价值……从做山核桃的深加工业务起家，赵崇斌的公司现在已经把他的市场触角，伸向了全省各大旅游景区，包括他后来还发展起来的中蜂养殖业务，其产品种类已有百余个以上。

赵崇斌的山核桃深加工公司，现已建设起了一座投资百万元的标准化大厂房，为当地创造了二十余人的就业机会。心存善念的赵崇斌，还专门设立了残疾人岗位，尽可能地满足残疾人对于就业的向往。

我要写这篇报告文学，不能不去采访赵崇斌。

我在与赵崇斌交谈时，他三句不离柯小海，他是打心里感激着柯小海哩！

记得我在与赵崇斌谈过话后，走出他的企业大门，走出很远了，却蓦然听见从他企业的方向，传来一曲信天游的吼唱。我听得出来，那人吼唱的是新编信天游《庄稼汉》：

深不过黄土地高不过天，
吼一声信天游唱唱咱庄稼汉。
水个灵灵的妹子虎个生生的汉，
人尖尖就出在咱索洛湾。
……
沮河清清润日月凉房房里暖，
好吃好喝好呀打扮。
山丹丹可沟沟里兰花花开满山，
庄稼汉的那信天游唱不完。

55

索洛湾村公园化的发展，不仅带来了村容村貌的规模性变化，便是人们的精神面貌，如那曲信天游吼唱的一样，也都发生了根本性的变化。

柯小海的名望，因此被人到处传颂着，使他的一位旧日好友，听进了耳朵里，便把他的一个难题，毫不客气地甩给了柯小海。

柯小海的那位朋友，找到柯小海，给他说了，说他是一点办法都没了。他的儿子长着长着叛逆起来，别人给他出主意，他把儿子送去了部队上，接受了人民军队这一大熔炉的锻炼，他原想儿子肯定是变化了。可是转业回来，依然故我，还是非常叛逆，整日无所事事，闲待在家里吃他们老东西！朋友说得伤心，甚至有些悲哀。他想把儿子交给柯小海，诚心希望他待在他们索洛湾村，让他的儿子设身处地地感受一下他柯小海，带领一个大山里的小山村，是如何奋斗的，是如何进步的。柯小海答应了朋友，很快地，他那位朋友的儿子被朋友带进索洛湾村里来了。

玩世不恭，是朋友儿子的全部底色。

柯小海见到他的头一面，没怎么与他说啥。只让他住在索洛湾村，自由地转腾，自在地转悠。转腾、转悠了几日，柯小海和他谈话了。

柯小海问了那家伙几个问题，他对答如流，无所不知。

然而他就是十分的厌世，又十分的愤世，充满了对现实社会的不满。他的不满是从哪儿来的呢？柯小海耐着性子与他不厌其烦地交谈，在逐步深入的交谈中，柯小海听出问题来了。他交友出了问题，满身的负面情绪，以及负面讯息，全是他的狐朋狗友自网络上获得的，几乎没有什么可信的东西。柯小海发现了他的问题来源，知道他应该怎么与这位社会的叛逆者相处、相谈了。

柯小海从来不是会说大道理的人，他自底层生活出发，又自底层生活成长。

因此柯小海就与这位社会叛逆者，推心置腹地说起了他的过去……柯小海没有为尊者讳，毫无保留地说了他自己。说他小时候钻梢林，以及下煤窑、扛木头，看人的眉高眼低，拾人的牙慧，事无巨细，亦无丑美，都给小伙子说了。小伙子开始听得漫不经心，听着听着他把他那玩世不恭的样子收敛起来，弓身向着柯小海，生怕听遗了什么。听到最后，柯小海说完了，没话说了，他竟然还没听够，诚恳地问了柯小海一声。

小伙子说：叔叔，您还有说的吗？

柯小海对他笑了一下，给他说了：你要还想听，我就说给你。

小伙子点头了。他说：叔叔您说。

柯小海因此就继续说了下来。他说：你能够享受到的物质生活，最先是钻梢林的革命老前辈们抛头颅、洒热血，闹红闹出来的。没有共产党的领导，没有人民当家做主，让别人领导咱们，让别人给咱们做主，你说行吗？那还能是咱们自己的日子吗？你自己好好想一想，你老爸现在给你提供的各种生活条件，够优越了吧。那是别人送给你的吗？都是咱们自己改革开放干出来的。你老爸作为改革开放的参与者，他才有机会、有条件提供给你呀！我今天给你都说了，我是个村支部书记，干了十几年，每走一步，每有一点成就，都深刻地认识到，那是我们在党的领导下，坚持为人民服务做出来的。不要有别的幻想，那不实际，很不实际，都是蛊惑人心，破坏咱们社会经济发展的恶势力捣的鬼。他们那些人，有国外的，也有内部的，但他们是不会得逞的。

柯小海说着又停顿了一下。小伙子以为他说得口渴了，就双手捧起一杯几乎放凉了的茶水，送到柯小海的手上，给柯小海恭恭敬敬地说了。

小伙子说：叔叔您喝口水。

柯小海接过水杯，他喝了一口，本来想要就此打住不说了。他怕一次性说得多，会倒了小伙子的胃口，让他有时间把他说过的话，很好地咀嚼咀嚼，以后了再说。可是小伙子是听迷了，他还想听下去。因此在柯小海喝罢了茶水，把茶杯放下来时，他就又迫切地请求柯小海继续给他说了。

小伙子说：叔叔您没说完吧。

当然没说完哩。柯小海看着小伙子的脸面，发现他的眼睛里有股子火苗儿在跳。那是渴望的火苗儿哩，柯小海不能让小伙子失望。

柯小海没有犹豫，他于是又说起来了。

柯小海说：我们国家正处在一个全面发展的新时期、新阶段，存在些问题是难免的。就像你口口声声说的贪官和污吏，他们只能侥幸一时，不会侥幸一生。你应该看见了，多么大的人物呀，你贪污腐败了，就把你拉下台，判你的刑，让你去坐牢。咱们从上到下，不是都在说嘛，“苍蝇要打，老虎也要打”。怎么样，小小苍蝇纷纷坠地，大大的老虎也束手就擒……柯小海一边说，一边观察着小伙子，他发现他的心在颤动，他的灵魂似乎也在悸动。因此加重了语气，给他说了最后几句话。

柯小海说：共产党人的初心，从建党开始就建立起来了，那就是为穷苦人服务。过去没变，今天没变，未来更不会变。

小伙子听完了柯小海苦口婆心的一番劝说。他是听懂了。不过，小伙子似乎没有听够，他在柯小海的话音落下了时，向他意外地提出了一个要求。

小伙子说：村上的荣誉室，我前面看过了。但您能陪着我，再走走，再看看吗？

柯小海能说什么呢？他二话没说，很自然地站起身，陪着小伙子去了索洛湾村的荣誉室里。这里的墙上，挂满了索洛湾村集体和柯小海个人的奖牌，以及奖状。那铜板的奖牌、锦缎的奖旗、镶在镜框的奖状，熠熠生辉，无不是柯小海带领索洛湾村群众艰苦奋斗，流血流汗所荣获的，每一面奖牌、奖旗、奖状的背后，都收藏着一个又一个让人动容，且叫人慨叹的生动故事。

小伙子之所以要把柯小海叫来，陪着他重新领略那些奖牌、奖旗、奖状的风采，是他前头看过了，当时并没有多少正面的感受。现在来了，重新体会与感受，他因为思想感情发生了变化，不要柯小海给他一一解释，他也打心里有了一个不一样的思考与思索。

小伙子看得仔细，把眼睛都看红看酸了。

小伙子在索洛湾村跟着柯小海，像是一个小学生深入生活一般，经历了一段时间，他自己说他感激柯小海叔叔，他要回家去了。

小伙子回家去了不久，即跟随他的父亲，去了父亲工作的场所，做起了父亲的助手，让他的父亲不禁泪目，背过了他的儿子，给柯小海打了个电话，说柯小海是怎么弄的？他儿子在大部队上都没锻炼出来，跟了柯小海几天时间，就变化得让他不敢认了。

那位父亲激动地说：柯小海你说，那还是我儿子吗？

那位父亲说：你给了我一个我的亲儿子！

柯小海是开心的，他回答了那位父亲两句话。他说：我们索洛湾村的公园化，不能只是环境上的一种进步与成长，还应该有精神上的变化与提高。

柯小海说：欢迎你们父子常来我们小山村做客。

第十二章

山水洞天

56

……

2010 年，索洛湾村被陕西省委授予“先进基层党组织”荣誉称号；

2016 年，索洛湾村被陕西省委授予“省级文明村”荣誉称号；

2017 年，索洛湾村被中央文明办授予“全国文明村镇”荣誉称号；

2018 年，索洛湾村被陕西省政府授予“全省脱贫致富示范村”称号；

……

2012 年，柯小海被陕西省委、陕西省人民政府授予“省级劳动模范”荣誉称号；

2013 年，柯小海被陕西省人民政府授予“陕西省最美村官”荣誉称号；

2013 年，柯小海被农业部授予“百名农业科教兴村杰出带头人”荣誉称号；

2015 年，柯小海被党中央、国务院授予“全国劳动模范”荣誉称号；

2016 年，柯小海被中共中央授予“全国优秀共产党员”荣誉称号；

2017 年，柯小海当选共产党陕西省第十三届代表大会代表，中国共产党陕西省第十三届委员会候补委员；

2018年2月，陕西省委办公厅发出向“三秦楷模”陈士橹、柯小海、刘永生同志学习的决定；

2019年9月，柯小海荣获陕西省村社发展促进会“功勋村官”荣誉称号；

2019年，柯小海荣获“全国最美创业者”荣誉称号；

2019年七十周年国庆，柯小海登上“乡村振兴”彩车，参加天安门大游行，接受党中央、习总书记的检阅。

我在索洛湾村采访，是也参观了他们村的荣誉室的。老实说，我被一块块铜质的奖牌，一面面锦缎的奖旗，一方方镶着玻璃镜子的奖状，看得眼睛发热，心潮激动，我不能自已地向那些奖牌、奖旗、奖状，深深地鞠了一躬。

有过长期乡村生活阅历的我，曾如柯小海一样，是也满怀着那样一份梦想，做出过自己的努力。虽然我机缘巧合，走出了乡村，走进了大城市，但我的心跳，似乎还有着强烈的乡村节奏。我感受得到，那些荣誉的获得，是太不容易了。没有澎湃的心血和磅礴的汗水付出，是得不到的。柯小海和他们索洛湾村得到了，但他和他们村没有满足，他们村在他的带领下，还在继续新的成长与发展。

我要说了，这是我在快要完成这部报告文学时，最想说的话。

这些话我只能说在纸面上，而柯小海是说在了索洛湾村群众的面前，并付诸行动，写在了索洛湾村的一座座山岭上，一道道山沟里，写进了索洛湾村群众的心里……村子里三名孤儿，是柯小海领回他的家里来，像亲生一般养育着长大成人，各自有了自己的家；八名贫困大学生，是柯小海资助他们完成学业，光光彩彩地走向社会，成为对社会有贡献的人。

柯小海永远记着他们，他们也永远记着柯小海。

关于这方面的故事，我与柯小海做了比较深入的了解，他说得出他们每一个人的名字，记着他们每一个人的事迹。我亦与部分接受柯小海帮助和资助过的人聊过，知道那样的例子太多太多，我是无法全都罗列进我的文字里的。不过有件事情，我还是必须说说的。对于村里的老人，柯小海无时无刻地关心着他们。从 2005 年起，村里的经济条件还很薄弱，拿不出那样一笔钱，他就自掏腰包，组织村里六十岁以上的老人，分期分批外出旅游，以便增加老人的见识，提高老人的幸福感。我在村里采访，总会有老人拦住我，拿出他在外旅游拍摄下来的相片让我看。我看得见老人的笑脸，一会儿在巍峨高大的天安门前，一会儿在碧波荡漾的黄浦江边，一会儿在清风拂面的西子湖畔……不过，我与那些给看他们周游天下的老人拉话时，总会不由自主地问上他们一句话的。

我的问话很有那么点儿骄傲的意味。

我问他们：你们游玩过的地方是好，但与你们索洛湾村相比呢？

被我问到的老人，无人不哈哈笑起来给我说了。

有人说：金窝银窝，不如自己的土窝。老话是这么说来的，而我们索洛湾村的土窝，不是已经变了吗，也都变成金窝银窝了！

还有人说：我们游玩过的地方，是有我们索洛湾村没有的，但我们索洛湾村也有他们没有的。我们在山村里呼吸的空气，我们在山村里吃的喝的……哈哈，哈哈，我们不说，你们大城市的人都知道。

我被索洛湾村老人们的这份喜悦与乐观所感化，自觉我在他们村里的日子，真是没有虚度……要我说，我是把我真切地融入索洛湾村里了，恨不得自己也是索洛湾村的一员。居住在索洛湾村里，他们每个家庭最多交上八万元，就能住到一百八十平方米的大房子。参与一期项目的群众，早已住了进去，二期项目的人家，也都陆陆续续地往进搬着住了。

傍晚时分，华灯初上，索洛湾村天堂一般，一派人与自然和谐相处的大美人间。

57

我与柯小海就在这样一个大美的傍晚，走在他们索洛湾村子里，继续着我还想要挖掘的内容。柯小海满足了我，他给我说了，树有根，人有根，水是也有根的呢！

我俩走着聊着，这就又一次地走到窨子沟的沟口上来了。

在柯小海的人生记忆里，窨子沟是一处抹不去的胜地。从沟口到沟掌，也就一公里的深度吧，柯小海给我早就说过，不论对他，还是对索洛湾村人，窨子沟仿佛一处神奇的魔幻世界，其中藏着太多太多的故事，太多太多的神秘……我没能早来索洛湾村，未见过原初的窨子沟，不过我在柯小海和他们村里人的描述中，知道窨子沟的沟掌里，有一股清泉，不舍昼夜汩汩地喷涌着，汇成一条清澈的溪流，流到沟口上来，再汇聚成一处小水潭……柯小海他们索洛湾村的少年，无分男女，都是曾把那处小水潭，当作他们游戏玩乐的天堂，他们的欢笑，他们的悲哭，还有他们的憧憬，就都在小水潭里飘荡或沉淀。

柯小海记不清的是，他沿着窨子沟向它的深处走了多少回？

柯小海不知道他一次一次走窨子沟，究竟是要探寻什么？还是要追问什么？总之，他钻进窨子沟里，想着他长大了，就要离开这里，去到一个他理想的地方，开始他理想的人生。柯小海这么来说，应该不是他一个人的想法，索洛湾村的少年和青年，肯定是都如他一样这么想过了呢……慢慢地长着，他长大了，这才知觉他少年时的憧憬，是多么幼稚。他哪里能离开索洛湾村，离开窨子沟；他还相信，索洛湾村许多曾经想要离开的少年，长大了就都不思离开了。

柯小海不思离开，是他有了新的憧憬，那就是挑起索洛湾村的担子，给予索洛湾新的塑造，让他们索洛湾村与窨子沟，变成真正的人间天堂。

索洛湾的山水，赋予了柯小海这样的灵感，同时赐予了他改变这一切的力量。

森林公园的建设及开园，让柯小海拿出他少年时钻梢林的那一股子精神头儿，他把他熟悉的索洛湾山山水水，又用他的腿脚丈量了一遍，他的腿脚告诉他，森林公园如同一位胸怀博大的母亲，而他们索洛湾村，就是母亲怀抱里的一个孩子。孩子是能依赖母亲而成长的，这是母亲的责任，也是孩子的责任。所以，柯小海为此是费了些心思的，他把他要实施的乡村旅游项目，首先放在了做好索洛湾水的文章上。

水是生命之源，有水的地方正好做文章。

窨子沟的水，沮河的水，滋润着索洛湾村的水啊！柯小海是要充分发挥它们的作用了，他要在窨子沟口，筑起一道坝，把窨子沟沟口上原来有的小水潭，变成一片开阔的湖泊……这是我要离开索洛湾的最后一夜呢，柯小海陪着我，站在窨子沟的沟口上，站的时间很久很久。

业已被柯小海改造成湖泊的窨子沟，波光粼粼，满天的星斗，灿灿地落下来，跌在湖面上，让我俯仰之间，一时竟然糊涂起来，无法分清天与地的界限了，朦胧中只觉一派夜幕中的水天一色！

我受窨子沟夜色的吸引，又顺着窨子沟的沟边铺筑和架设在湖面上的那条通道，再一次向窨子沟的纵深走了进去。

柯小海的大伯柯玉斌、父亲柯雨荣闹红时常来常往，柯小海在建设新的索洛湾时，也常来常往的那孔石窑洞，就在沟掌里的那面悬崖上。还是那面悬崖，如今多了一道新凿的山洞，这是柯小海带领村里的年轻人凿出来的。他之所以带领大家来凿那道山洞，一来为了深化红色文化体验的现场感，二来还是为了他大作水文章的便利。在索洛湾村采访，我把那道山洞是穿越过几回了。在我的意识里，百米纵深的一道山洞，给索洛湾村造成的景致，是非常诱人的，我为此是这样说了呢：

山水洞天！

这道山洞的脚下，即是柔波荡漾的窨子湖；而穿过山洞，走到山洞另一边去，就是另一番景色了！山之灵，灵似少年弄姿；林之秀，秀如美女回眸。我初来索洛湾村，就曾在柯小海的带领下，钻过他亲手凿空的山洞，上到山洞的那一边。我们数人俯仰在那一片林木繁密，花香草碧的世界里，我们大家是欢悦的，谈笑风生，却蓦然地遭遇到了一只落单的獾兽！

獾兽一身棕色的毛发，它见我们走来，也不知躲闪，就那么蜷卧在密林的一边，睁着双乌溜溜的黑眼珠，看着我们一行人，向它一步一步走近……我在乡村生活的时候，是与獾兽有过交往的。知道它对大秋庄稼的玉米、高粱等，是有大伤害的。不过，獾兽伤害过了大秋庄稼，是会把它吃得肥肥胖胖的呢！肥胖着的獾兽，百害却有一样好，被庄稼人发现后，是不会让它遛跑的。逮住它，也不扒皮，亦不剔骨刮毛，就只找来一个黑瓷的小口罐子，把打死的獾兽，硬塞进去，于牲口圈里挖一个等量的土坑，下进黑瓷罐子，封好罐口，那么沤上一年的时间，再挖出来时，黑瓷罐子里的獾兽不见了，满罐子里都是清汪汪的獾油了呢！

獾油的用途，在乡村是广泛的，谁的手上身上，火烧火烫了，涂抹点儿獾油，三几天准好，而且不留疤痕；还有骡子马等大牲畜，不像牛吃了草会反刍，骡子马没有这样的功能，一嘴草吃不好，会要患上结症的，拉不出粪便，一天不要紧，两天不要紧，到了第三天还拉不出粪便，就只有活活憋死一条路了！獾油从骡子马的嘴巴里灌进去，不要多少，就那么小半碗的样子，灌进骡子马的肚腹里，拉着骡子马转着弯地遛。不要多遛，只遛上那么一半天时间，骡子马会要抬起尾巴，像是打枪放炮一般，把结在肚腹里的草团，一丸一丸地喷射出来……所以在我的记忆里，獾兽是非常怕人的呢！

然而这只獾兽，怎么就不怕人呢？

我迷惑不解时，用手去拽柯小海的袖口，他倒是一点都不奇怪，转脸向我，给我说了这样一句话。

柯小海说：这只獾怕是病了哩？

我惊讶柯小海说出口的话，就问他了：你认识这只獾吗？

柯小海说：我不认识它，但它或许认识我。

这太好笑了。一只獾兽怎么可能认识他呢？但眼前的事实证明，那只獾兽就那么静静地待在密林边上，仿佛有什么心事？或者有什么病痛？要与人说，而这个它能说的人，就是上山来的柯小海。我当时就是这么想来的，正想着，听见柯小海说话了。

柯小海说：那只獾伤着了吧？

与我们一起上山来的人，去把那只乖乖卧着，动也不动的獾兽抱了来，柯小海翻着獾兽的皮毛，发现它真是伤了呢！他因此嘱咐抱着獾兽的人，让他把獾兽抱去兽医站，给獾兽看一看伤。

索洛湾村不独柯小海爱护着与他们共同生活在这处山水间的一草一木，一只獾兽，便是满索洛湾村的村民们，也都爱护着与他们生活在一起的自然万物……那件让人难以忘怀的事情，过去了不长时间，我与柯小海又一次走进了窨子沟。

这一次走着，知觉窨子沟万籁俱寂，而天际一片暗蓝，唯月光如洗，照得整个窨子沟灿灿亮亮……我得承认，因为那次在窨子沟与獾兽的一次和美相遇，这次就还期待能有新的相遇。

还别说，自然是爱人的，只要我们人类给予自然一定的尊重，自然会还给人百倍的惊喜。就在我这么幻想的时候，我意识到我与柯小海的身后，总有一种轻轻巧巧的挪动声，翻揭着落叶或草枝。我因此回了一下头，这便看见一只白色的狐狸，就悄然地跟在我俩的身后，我俩走一步，它跟一步。

我是想大喊的，但喊声刚到嘴边，却被我的牙齿紧紧地咬住了。

我没能喊出声，而且是也不能喊出声的。

此时此刻我还看见，柯小海也回头了。他应该像我一样，也看见那只白色的狐狸了。

58

柯小海看见了那只白色狐狸，没有像我那么吃惊。

柯小海是种见惯不怪的神色，他把白狐那么轻描淡写地看了一眼，就又转过脸去，向前走了去。我受了柯小海的影响，也转脸前去，背对了白狐，踽踽地跟紧了柯小海，向着窨子沟的沟掌里走……柯小海走着，似已忘记了那只白狐，而我走着，却无法忘记，总能感知那只神异的白狐，窸窸窣窣地又还跟着我与柯小海在走。这让我不禁想起蒲松龄的《聊斋志异》，其中就满是爱着人、恋着人的狐狸，演绎了许多脍炙人口的凄美故事！

跟着我与柯小海的白狐，可是从《聊斋志异》中走来的一只吗？

她们是小翠、青凤？还是婴宁、红玉？或者说是辛十四娘？小翠的清纯，青凤的妩媚，以及辛十四娘的知性，在那个时刻，一幕一幕地在我的意识里次第出现……跟随着我和柯小海的白狐啊！是她们中的谁呢？我胡思乱想着，在白狐的相伴下，走进了窨子沟沟掌，走到了柯小海带领他们索洛湾村的年轻人，凿空而出的那条山洞前，我与柯小海没有停步，继续地向里走着。白狐没有落下我俩，继续地伴着我与柯小海，也钻进山洞里来，跟着我俩穿过山洞，走到山洞的那一边。让我更加惊奇的是，在我们的脑袋刚刚钻出山洞口，居然就又看到了一只白色的狐狸，就那么安安静静地守在山洞那边的树丛里，高扬着它的小脑袋，眨巴着它的小眼睛，不惊不乍地看着我们。

那只白狐似乎知道我们要来，在那里嬉皮笑脸地等待我们！

这太叫我不可理解了？为了不惊吓着白狐，我只是伸手把柯小海的衣襟拽了拽。

柯小海理解我的惊讶。他说了，声音幽幽地：惊着你了吧?

柯小海说着抬头望了一眼天色。他继续说：时间长了，大家都习惯了呢。

柯小海说：在我们索洛湾，人习惯了白狐狸，白狐狸也习惯了人。

柯小海说：没有啥奇怪的。我们早前见过獾兽了，现在又见到了白狐，我不敢保证，咱们往林子里继续走，说不定还能看见大猫豹子哩!

哎呀呀！我不能自禁地又要说了呢。再说还是那四个字。

山水洞天!

我在采访中是已知道了，借助森林公园开发的大势，柯小海在他们索洛湾村实施的乡村旅游项目，于规划中，他即提出把窨子沟沟掌里的悬崖，打穿一道山洞，使窨子沟的上下连通起了，形成一处规模可观的旅游景观……然而，规划是规划，要实施起来还是很困难、很不容易的呢!

一百多米深的山洞，是窨子沟景区的枢纽工程，不打通就无法使景区连接成一个整体。

而且还又是他大作水上文章的重点。

森林公园在北口举办了开园仪式后，柯小海即紧锣密鼓地开始了他的“搭车”项目建设。水上漂流，是他要首开的工程哩。中华文化的标志之地大桥山，层峦叠嶂，山是不缺的，水更不缺，有一架山就有一道沟，有一道沟就有一条河，但最为激荡，也最为跌宕的就算沮河了。索洛湾村居于沮河上游，河水清越而湍急，像一道水做的链环，把索洛湾村不多不少刚好绕了多半个圈子，仿佛母亲的子宫一样，把索洛湾村的人抱养在其中，一代又一代哺育着和滋养着。

水上漂流项目，所依赖的就是沮河了。

这是个必须做好的项目，做好既不辜负沮河，又不辜负索洛湾村人！柯小海给他定下了一条铁的准则，就是在完成水上漂流项目的完美施工时，还不能对河水造成丝毫污染。在这一铁律的规范下，柯小海不能盲目开工，他因此就又带领村上的干部和党员骨干，去省内外水上漂流旅游项目做出名气的景点上观看学习，实地考察，还延请人家有经验的专业人员，到他们索洛湾来，他陪着他们，把沮河一寸一寸地走，哪里水流平缓，哪里跌宕湍急，哪里湾大落差紧……仔细地观测绘图，最后确定出一个大家公认的方案来。

柯小海做得谨慎仔细，因为他们外出看到的水上漂流项目，几乎都是在南方的山水之间，而几无一处北方的样板。他们索洛湾村的位置，却在北方。南方的那些个漂流项目，因为他们那里河流的原因，做出来都是以惊险刺激为胜。可是沮河少有惊险刺激的河段，大多都很平静，这是不是一个特色呢？考察回来的干部党员骨干，他们拿不准，延请来的专家，也不是很乐观。讨论的时候，你提出一个疑问，他提出一个假设。柯小海没有插话，他把大家的议论都听了后，坚持他的观点不放弃，咬紧牙关也要把水上漂流做出来。

柯小海的主张很有趣。他说人家追求惊险刺激，那是人家的特色，我们自在休闲，可不就是我们的特色吗！

柯小海的这一主张，醍醐灌顶般让大家一连声地赞同了。

59

水上漂流，并不只是惊险刺激就好。

大家在各自的工作岗位上休息下来，是已经紧张过了，可能也刺激过了。他们走出大城市，走进山里来，着迷的恰是乡村恬静悠闲的生活哩！给他们创造一个缓慢的漂流时空，让他们的身体慢下来，让他们的心慢下来，漂流在沮河上，可以慢悠悠地观赏沮河的山水风光，那是旖旎烂漫的，那是悠然自得的，如此漂流该是多么惬意美好啊！

2013 年年底，沮河水上漂流项目开工，按照设计要求，对河道和坝体，进行了尽善尽美的整修。特别是关键的坝体工程，还采取了当时最为先进的水流控制系统，在保证安全性的基础上，尽可能地增强娱乐性。

那就是漂流者顺水而下，漂流到终端的戏水区，给漂流者更多玩乐的可能。

水上漂流项目的资金投入，在前前后后的两年时间里，花费了近千万元。一个大桥山里的小山村，要投入这么大资金，怎么说都是一件必须上心，也必须出力的大事情呢！为了节约经费，柯小海在漫长的两年时间里，把自己像头不知疲倦的黄牛一样，拴在了工地上。跳进河渠里挖河道，清除淤泥，他一天一天又一天……他一月一月又一月……在那期间，他每天都如泥猴子一样，与村里人一起上工，一起下工，上工时他走在最前边，下工时他落在最后边。

我采访村里参与这项工程建设的人，他们无不记忆犹新，因为有柯小海带头，他在的时候，大家齐心协力，他开会跑材料不在，大家在工地上依然齐心协力，没有谁说一句怨言，发一声牢骚，每天安排的活儿，也一定要完成。

为了工程的质量，柯小海在的时候，他亲力亲为地看；他不在工地上时，大家会把现场的情况，用手机拍下来，发微信给他看。这样的一种干群关系，不正是党所提倡和坚守的吗？在索洛湾村，有柯小海的带头，以及他的模范作用，大家自觉不自觉、自愿不自愿地做到了。

采访中我所感动的，还就在于此。

索洛湾村人的集体意识空前高涨，主人翁的情操和境界，已然空前高标。

抽了个空子，我没有叫谁陪，独自去了一次水上漂流。回到西安城里的家中，我在捉笔来写这段文字时，还像绕在索洛湾村的沮河上漂流，六公里多长的漂流河道，掩映在苍郁的山色之中，绿影婆娑，清澈碧翠的水流，漂载着橡皮的漂流筏，悠悠然顺流而下，筏头激起的水花，与沮河两岸盛秋开放的各色野花，相映成趣，流水清甜的润泽味道，加之野花放浪的山野味道，弥漫了沮河的河道，让我一路漂流下来，仿佛置身于一处世之而外的仙境里，无法自拔了。那一种随水而去，千回百转，翠峰似染，青崖似削，让人如在画中一般的体会，把我是深深地迷醉在其中了！

我因此还在心里发誓，度过这个秋季，还有冬季，来春我是一定要上索洛湾村来的。我来这里，再把沮河漂流一趟，那烂漫的春色，该是别样的体会与感受呢。

漂流下来，就是索洛湾村投资107万元打造的“半亩田”生态园了。

那一回，我就是带着满身的山野味道与山水的气息，从漂流驳岸下了漂流筏，进入生态园的。这里满是山里人家的风味，突出了一个绿色的主题，却不乏南方所有的小桥流水，徜徉其中，我选择着齿舌上的向往，一股一股地往鼻孔里钻的，都是馋人的山里人家味道，那味觉让我迷惑其中，不知如何选择了……走南闯北，我自以为见多识广，在这里却成了这个样子，那么别的人呢？

我可以想象，他们是也会迷失在这一片口腹之香里，而无所适从，不知道怎么下嘴了。

围绕森林公园建设的服务型辅助项目，索洛湾村在柯小海的主张下，见缝插针地还建设了家庭旅馆、仿古一条街、美食一条街等。相信有柯小海的领导，索洛湾村会不断有新的发展项目，一个一个建设起来的呢。

我听柯小海给我讲解索洛湾村未来的发展，是一点都不加掩饰的哩。

柯小海说刘玉高的森林公园建设得大，他的那个大成了他的独特性，这个独特性是有其缺陷与不足哩。而这就是留给索洛湾村的机会，他们索洛湾村要以小为上了。用小公园弥补大公园的缺陷与不足。对此，柯小海说得胸有成竹，什么特色体验性项目，什么文化体育项目，什么生存技能训练项目等，不一而足。我相信柯小海的设想，也相信森林公园的“大”，在柯小海“小”的补充下，相互依存，相互呼应，从而达到双发展、共盈利的一个美好境界。

对柯小海的信任，是我采写这部报告文学最重要的收获。

所以相信他、信任他，都在于他做每一件事，都是建立在充分调研的基础上。像他关于窨子沟小公园的总体建设方案，便是刘玉高的森林公园还未进入前，即在他的内心，朦朦胧胧地有了一个概念。把刘玉高的森林公园北门，争取来了索洛湾村，柯小海心里的那个朦胧的概念，便一点一点地清晰着。他清晰着，就还与刘玉高交流看法，交换想法，到要实施的时候，又绝不盲目从事，专业的勘察，专业的设计，哪怕花钱多，也绝不吝啬……刘玉高喜欢的就是柯小海的这一股子劲头，他要搞窨子沟小公园开发，刘玉高就把他的森林公园的设计团队介绍给了他，并且不讲价钱，让柯小海看着给。柯小海知道这是刘玉高在支持他，他当然不能让刘玉高难堪，给人家设计团队按照他们的资质，支付了他们费用。

专业的团队子自有专业的样子。他们给窨子沟小公园的设计，结合了森林公园的功能，不仅做到了锦上添花，还实现了各具形态，各有千秋的新样态。

设计之初，柯小海陪着他们设计专家，把窨子沟钻来钻去，爬上爬下，钻爬了个遍……沟掌里的那面悬崖，黄陵县志就有清晰的记载。早年的时候，那里可是个土匪聚集的窝巢，其地理条件之隐秘，在大桥山独一无二，可进可退，可攻可守，进退自如，攻守自在。

那面悬崖之上，就是飞鸟难上的峡谷寨。

他们从窨子沟的沟口进到沟掌，再要翻上悬崖，过去的时候，土匪们的办法就是悬挂一条粗粗的绳索，绳索头上拴绑一个藤编的吊篮，是人也好，是物也罢，都用吊篮往上吊了。后来闹红，游击队占领了峡谷寨，把寨子做了必要的改造，使其成了游击队的一处后方基地。

柯小海与设计团队攀爬悬崖，没有采用那个原始的方法，而是绕了个大圈，绕到悬崖的背后，把峡谷寨仔细地勘察了个透……站在悬崖上往下看，那里是天堑一道，上到顶头，却是另一番景致，像极了一个葫芦，愈是往里进，地势愈是开阔，一直能直达跑马梁，大桥山的道道山脉尽收眼底，跌宕绵延，云蒸霞蔚，美不胜收。

窨子沟小公园的设计，就在柯小海与专业团队的脚步丈量下，成熟起来了。

时任县委书记的孟中华看了他们的设计，非常赞赏，说是索洛湾村未来发展的一个纲领。他因此还在我采访后到县城里接见了我，向我介绍柯小海，说他这个人，对党是忠诚的。党组织这些年给了他一些荣誉，但他没有因此而骄傲，做人做事，更为扎实认真。

我把孟中华书记对柯小海的评价，拿来与他开凿那道山洞时的状态作比，认为孟书记说的是透彻的。

我因此还又再次地想起了路遥，柯小海热爱崇拜的路遥在他《平凡的世界》里说过的一段话，他说了：

“绝不能松劲！还应该像往常一样，精神抖擞地跳上这辆生活的马车，坐在驾辕的位置上，绷紧全身的肌肉和神经，吆喝着，呐喊着，继续走向前去。”

路遥的这句话仿佛就是说给柯小海的，现在的索洛湾村正如一辆飞速向前奔跑的车辆，而柯小海就是驾驶车辆的驭手。他不会停步，更不会歇气，他是会要继续未竟的事业哩！

窨子沟小公园的建设，就是他不知疲倦地向前奔跑的例证。按照设计，是必须开凿那道山洞的。怎么开凿？按照最初的设计，以及预算，投资近1000万！索洛湾村大集体是有积累了，但是大手大脚地花在那样一条山洞里，值得不值得呢？参与了黄陵县二号煤矿建设的柯小海，想到了他的那个老伙伴，深入地下挖煤，哪一日不是在挖洞？柯小海想到此，兴奋得直挠头，把他一头的黑发挠得乱糟糟地去见二号煤矿上的领导了。不要虚头巴脑的寒暄，只是开门见山地说来，二号煤矿的领导就满口答应下来，并立即派出技术队伍，跟着柯小海去了。他们为索洛湾村设计开凿那条山洞，一分一文的费用都没要，全是无偿的支援。山洞的设计和施工，依照他们煤矿上的经验与方法，没有花费多少日头，就顺顺利利地开凿通了。最后决算，千万元的投资，只花费了100万元。

五年一千八百多个日夜的劳累操心，窨子沟公园的建设大为成功，规划中的景区内环谷栈道、山间石路、彩画廊桥、飞云瀑布等5000余万元的基础建设，全都完成运营了。而二期的建设项目也在如火如荼地进行着……可以预见的是，窨子沟公园作为森林公园的一个组成部分，为索洛湾村村民们的生产生活，带来的发展和变化是空前的，更是实在的。

他们索洛湾村，先有116户人家，416口人，2014年时，村中富裕户为56家，发展户601家，这时即已没有了贫困户。2016年时，全村实现了共同富裕的目标，集体走上了小康道路。现在的索洛湾村，集体经营的企业有三大公司，即：黄陵县龙湾汽车服务站、黄陵县双龙镇索洛湾蔬菜专业合作社、黄陵县双龙索洛湾绿地旅游服务有限公司。他们三大公司的经营方向，既有工程开发、运输、煤炭信息等，还有汽修、农林牧业生产种植、旅游餐饮等。

到了2017年时，村集体资产即接近亿万元，如今早已突破了亿元大关！

60

柯小海从1998年推举担任索洛湾村的村干部，到今年已经二十二年了。他怀揣梦想，带领索洛湾村的老百姓，走过了一个从小到大，从弱到强的乡村集体致富奔小康的康庄大道，他们走得艰难，走得辛苦，但他们走得更为坦荡，走得更为辉煌！

然而柯小海没有忘记他现在不只是索洛湾村的党支部书记、村委会主任，他还是双龙镇党委副书记。

既是双龙镇党委副书记，就必须担起他所应有的责任。而且因为他在索洛湾村的实践，也完全具有这样的能力与视野，可以为更广大的目标服务了。

心里怀着这样理想，柯小海把目标首先投向了索洛湾村周边的几个村庄，主动请缨，创造性提出“强村带弱村，先富帮后富，同奔小康路”的工作思路。具体做来，柯小海采取的方法，在他们索洛湾村行之有效的一些工作策略上，做了针对性的改变，即“党支部 + 合作社 + 贫困户”，吸纳进了周边的官庄村、河浦村、崖头村等 35 家急需脱贫的农户，加入他们合作社里来，结合他们居住地的自然条件，以及他们力所能及的劳作，为他们每户免费提供十箱中蜂。他们只管看守蜂箱的安全，至于技术和蜂群的繁殖等专业性强的问题，都由合作社统一处理，而最后产出的蜂蜜，亦由合作社统一采收、销售。年终时分，合作社又统一清算，把全部的收益，分红给扶助的贫困户。

如今这些贫困户，仅养殖中蜂的年收益，都在 1.5 万元上头，基本算是脱了贫，致了富。

大院子村素有制作豆制品的传统，柯小海就为他们量身打造他们熟悉的豆制品生产产业。100 万元的投资，为他们大院子村建起了一座豆制品深加工厂，其中豆芽加工房 14 间，豆腐加工房 3 间，锅炉房 3 间，以及非生产性质的用房 10 间，面积达 1700 平方米。添置了锅炉、泡制瓦罐等大型豆制品机械，使大院子村一举成为远近闻名的豆腐村，为他们村进一步实现脱贫致富，打下了坚实的基础。

崖头庄村的贫困户伍玉平家，是双龙镇科技干部在分工包扶时，分配给柯小海的帮扶对象。

柯小海在得知分工后，没有隔夜，当即去了他们家，进得门来，柯小海只是看一眼，就让他心里发酸。他想象过他们家的贫困，但没有想到会是那么一个样子。伍玉平的六口之家，配偶腿脚残疾，孙女一岁，儿子、儿媳、女儿全都在家里的十亩山地里刨生活。柯小海往他们家的土炕上一坐，就与他们拉起了家常，他听取了他们的需求，还听取了他们的向往，就和他们一起讨论，挖掘他们家庭成员的各自能力，给他们家制订了一个三年脱贫计划。

计划中养殖土鸡和鸭子各200只，放养中蜂十箱。为了他们实现这一目标，柯小海资助他们现金3000元，并把一个儿子安排到镇子上去工作。

他们家的硬件也让柯小海非常闹心，他弄来水泥沙石，帮助他们家维修了房舍，硬化了院落，使他们家从里到外，焕然一新，如今已全面脱贫，进入巩固阶段。

再是崖头庄村的杨永福，他并不是柯小海分工帮扶的对象，但柯小海帮扶伍玉平，知道了他的情况，就主动走进他的家帮助他了。

柯小海走进杨永福的家时，他在外打工腿部受伤已经五年了。

五年来，杨永福的伤势是好了许多，但还是不能下地去干重体力的活。他因此不得不闲在家里，坐吃山空，生活一度极度困难。柯小海与他谈心，知道他并不想拾人牙慧，还想凭着自己的劳动养活自己。柯小海非常欣赏他的精神，就特意安排他做了索洛湾村的清洁工，每月发他2000元的工资，使他生活无忧，笑容又回到了他的脸上。

我在索洛湾村见到了杨永福，他清洁着村容村貌，把索洛湾村打扫得亦如他微笑着的面容一般，焕发出索洛湾村人才有的那一种笑与安逸。

就在杨永福打扫得干干净净的索洛湾村街道上，我喜悦地转悠着，这就听见哪家人在家里播放一曲王二妮演唱的信天游。我仔细地听来，听出是一曲新编信天游《爱陕北》：

一方土一方水，养育了我祖辈；
山丹丹红艳艳，开得那样美。
信天游唱不完，黄土地情和爱；
东方红红满天，万里春风吹。
……
我用我的歌声唱陕北，

唱不够家乡的山和水。

宝塔放光辉，腰鼓敲得像春雷，

光芒万丈照陕北。

后 记

在红色的土地上

61

安居乐业，美满小康！

我在陕北这片红色土地上采访，知道革命胜利二十多年后，周恩来总理曾陪同柬埔寨的贵宾回到延安来了。那一年是1973年，总理想要看到延安人民真实的生活，他在吃饭的时候，邀请来了毛主席当年在延安王家坪的老邻居杨步浩。

周总理没有忘记杨步浩，杨步浩更时刻想念着毛主席和周总理。

在杨步浩的内心深处，毛主席就是人民的大救星。他一个揽工的苦汉子，土改时分到一座山头八十垧地，他在自己的土地上精耕细作，过上了不愁吃、不愁穿的好日子。吃米不忘种谷人，翻身感谢共产党。为了支援抗战，早日打败日本鬼子，杨步浩起五更睡半夜，努力生产，种植的小麦、谷子，长得格外好，曾被选为边区农展会的展品。他年年多打粮，多交救国粮，而且领导全村搞变工互助，发展牲畜，组织妇纺，打井抗旱，办学、植树、备荒、安置移民难民。在他的带动下，川口区六乡成为远近闻名的模范乡。到了1943年，他光荣地被推选为陕甘宁边区的劳动英雄。边区政府实行的大生产运动，杨步浩得知“毛主席也有生产任务，也要同战士一样开荒种地”。他在心里想了，毛主席为咱受苦人翻身解放，能过上好日子操碎了心，每天都要谋划革命的大事情，咋能让他也去生产呢？于是他就自觉为替毛主席代耕代种粮食了。

全国解放后，杨步浩担任村党支部书记，仍在农村默默地耕耘着，为新中国的繁荣富强努力奋斗。1952年，延安组织老区人民参观团赴京参观国有农场，杨步浩被推荐为代表之一。到北京后，毛主席还派车把他接到家里，亲自给他倒水端饭，而且一再要他不要拘束，吃饱喝好。

周总理回到延安来了，他是一定要与老邻居的杨步浩吃一顿饭的。与老杨一起吃饭，既是对老邻居的深切挂怀，也是了解延安人们生活的方法。过多的细节没有披露，新华社发表的新闻稿公开报道，杨步浩吃饭的时候，看见白花花的米饭，顿时控制不住自己，大口大口地往自己嘴里塞。周总理见状自己都没吃，看着他吃完一碗，周总理再给他添满一碗的时候，他这才反应过来了。从杨步浩吃米饭的那一种贪婪相上，周总理感受到了老区百姓的疾苦，他当时就流了眼泪。接下来给当地政府开会，周总理批评了自己。他说“革命都胜利二十多年了，革命老区却依然贫困”。为此总理还提出，延安要在三年内改变面貌，五年内粮食产量翻一番，并十分激动地说道：“五年内粮食翻一番，我一定来！我一定来！只要我在世就一定来！”

遗憾的是，敬爱的周总理没有再能回延安来。

62

四十多年过去了，周总理的遗言，对延安人民来说，言犹在耳。而延安人民在党中央大力推行的“脱贫攻坚”战役中，阔步走向小康生活。他们大力退耕还林、绿化荒山，目前植被覆盖度已经提高到81.3%。他们创立的“垴塬苹果、沿黄红枣、河谷川道棚栽、沟道养殖”的扶贫脱困产业模式，取得了非常好的效益。

我起手书写的报告文学，即立足于此，并以黄陵县索洛湾村为点，对延安的脱贫攻坚战役，进行一个较为深入的挖掘与报道。

在延安市委宣传部部长柯昌万的关心指导下，我走访了宝塔区、延川县、子长县、安塞区、甘泉县……最后落脚在了黄陵县，扎根在了索洛湾村。我走访过区县，在脱贫攻坚战中，各有各的重点，各有各的成就。延川县已经历史地摘掉了贫困县的"帽子"，但他们并没有放慢致富奔小康的脚步，紧盯贫困人口"两不愁、三保障"目标，坚持摘帽不摘责任、摘帽不摘政策、摘帽不摘帮扶、摘帽不摘监管，"抓减贫和防返贫并重、抓整改和促提升并举"，奋蹄扬鞭，踏上了巩固提升奔小康的新征程。素有"红都"和"将军县"美誉的子长县，为确保高质量完成脱贫攻坚目标任务，从上到下，坚持以脱贫攻坚统揽全局，以脱贫攻坚促进发展，聚焦主攻点、聚力主战场，抓重点、强弱项、补短板，使脱贫攻坚工作扎实认真地向前进展。他们县创造性地在广大乡村推行的"家风馆"与"红白理事会"，对实现脱贫攻坚任务起到强大的精神推动作用。如今家家争当"十星级文明户""脱贫光荣户"。

总而言之，红色土地的延安，到处都可见到脱贫攻坚的鲜活情景。

我到延川县文安驿镇白家塬村六十二岁果农张志明的苹果园去了，看见他提着果篮，小心地采摘着树梢上的苹果，他的脸上洋溢着幸福的笑容。要知道他的家庭状况并不好，妻子慢性脑梗，女儿先天性残疾。是到村上来的帮扶干部，既给他联系技术员，协调贷款、肥料，争取产业支持，把他业已撂荒的6亩果园重新管理起来。张志明家里的日子变了样，一家人的生活，"就像成熟的苹果一样香甜红艳"。张志明难忘他家脱贫那一刻的幸福。

在延川县贾家坪镇刘马家圪塔村，我走进了贫困户钟春祥种植的蔬菜大棚。五十八岁的钟春祥和老伴郝秀梅正在打理甜瓜，见到我，郝秀梅开心得无话不说，"我们以前在外打工，后来老伴患了肾病，花光了积蓄，还借了14万元外债，这日子就像天塌了一样。三年前扶贫干部帮助我们建了两个大棚，每年都能收入七八万元，老伴的病好转了，日子过得也舒心了”。

村第一书记马秀说，村里原有 87 户贫困户。蔬菜大棚是核电集团援建的，一年种两茬，一茬甜瓜，一茬西红柿。我走在棚区内，眼见多位种植户闲坐在一起，愉快地聊天说经验。

经验就是一句话，“幸福是奋斗出来的”！延川县贾家坪镇刘马家圪塔村村民周彩凤，丈夫不幸去世，她要抚养两个孩子，但她信心不改，2016 年在村里扶持下种植大棚蔬菜瓜果，“种了 3 年，净挣 3 万多元，去年即一举摘掉了‘穷帽子’”！

文安驿镇高家圪图村村民高世荣，清晨时叫醒了妻子儿女，一块来到大棚里，将一筐筐西红柿装箱，然后送到县城的早市上。把西红柿摊点摆放好，给妻子安顿一番后，他又返回家里，准备下田干活，村医康文利迎面走向他，商讨给他妻子的糖尿病治疗的相关事宜。

“脱贫先要引导贫困村和贫困户‘精神脱贫’。”子长县委宣传部部长张史奇这么说，是扎根在脱贫攻坚的现实基础上的。县里的史家畔便民服务中心，推出的甜滋滋专业合作社，实行“贫困户 + 合作社”“大手拉小手”的举措，就是这么一条扶贫的新路子。合作社目前有苹果园 280 亩，百头养猪场 1 个。合作社每年给贫困户保底分红 400 元，实现贫困户“旱涝”保收。在一次猪出栏分红会上，每户 1 万元股金即分到红利 1100 元。

子长县还开办“爱心超市”，采取“积分制”办法，围绕贫困群众户容户貌、参与公益、邻里和睦等多个指标进行分值设定，在达到一定分值后可免费领取相应分值的物品，从而达到“积分改变习惯、勤劳改变生活、环境提振信心、共建美好乡村”的目的。

佘春妮 2015 年起，担任着延长县安沟镇阿青村第一书记。这里每一户家门她都进过，每一家的炕她都坐过。冯海霞享受低保待遇，肖文安家住进了新房，村上给果园上防雹网、建设休闲广场……处处都有佘春妮的身影。真心换真心。她在村里参加冬季田间劳动，村民给她送来了手套；到了饭点，村民硬拉着她到家里吃饭；明知道她不会收，村民还是要送给她苹果、核桃、鸡蛋……

扶贫干部做的事情都很琐碎，却都办到了群众心上。在群众心中，扶贫干部就代表着党和政府。脱贫攻坚战役中，卢继霞到高家川村担任了第一书记。她在村里得知刘延平家现实问题后，不怕他烦躲着她，可他躲到哪里，卢继霞就追到哪里，后来把他堵在了家门口，连续数天，就待在他家里，中午“蹭饭”在他家，天黑走人，第二天再来，把一块“冰冷的石头”终于焐热起来。人勤快了，认真学习苹果管理技术，使他家的果树大变样，当年收入 3 万多元，一举摘掉了“穷帽子”。卢继霞发现变化了的刘延平，很有致富的头脑，就在 2017 年协助他牵头，成立了一家种养专业合作社。建设菌棒加工房需要资金，卢继霞不但帮着联系贷款，还把她买订婚戒指的钱，也悉数借给了刘延平。

“没有卢书记，就没有我的今天！”我见到刘延平时，他发自肺腑地给我这么说。

革命老区的脱贫攻坚工作，始终是党中央和习近平总书记的牵挂。2015 年 2 月 13 日，习近平总书记在延安干部学院主持召开陕甘宁革命老区脱贫致富座谈会时说：“我们实现第一个百年奋斗目标、全面建成小康社会，没有老区的全面小康，特别是没有老区贫困人口脱贫致富，那是不完整的。”

63

延安市的党政领导班子，把落实习总书记的谈话，看作是他们脱贫攻坚的最大动力。他们坚持扶贫要让贫困群众获得实实在在的好处，全面提升他们的幸福感。近年来，延安市新修整治道路 2500 多公里，修建农村饮水工程 2913

处，对1.73万户5.63万人实施易地扶贫搬迁，实现农村危房“清零”……延川县乾坤湾镇苏丰村贫困户冯新平说他“身体不好，山坡地种起来很费劲。现在把土地流转给了企业，一年能收入9000多元。当爱心超市负责人和护林员，每个月还有收入”。冯新平还说，以前苏丰村路不好，村民出行不便：晴天一身土，下雨浑身泥。每年4月到5月，要是不下雨，尘土很厚，村民骑着摩托车犹如“腾云驾雾”。2017年，20公里的通村路终于修好了，可把乡亲们高兴坏了。让冯新平高兴的事情还有不少：以前吃水，得用牲口驮着大桶到山沟里去拉，一趟得半天，现在自来水通到了家里；以前吃饭没有菜，现在经常能吃肉。

延安地处黄土高原腹地，沟壑纵横、生态脆弱，历史上极度贫困。“黄沙漫天”是延安的真实写照。二十年前，延安每年流入黄河的泥沙约占黄泥沙总量的六分之一。面对生态环境整体脆弱这一发展制约因素，延安干部群众大力退耕还林、绿化荒山，植被覆盖度已经提高到81.3%。

延安的贫困是新中国之痛，是共产党之痛。国家在努力，延安人民在努力，贫困在退却，这充分证明了习近平总书记对于脱贫攻坚论述的正确：“扶贫开发是全党全社会的共同责任，要动员和凝聚全社会力量广泛参与。”

延安人牢记习近平总书记的殷切嘱托，高举延安精神的伟大旗帜，自力更生、艰苦奋斗，全心全意为人民服务，在扶贫攻坚过程中，始终保持奋发有为的精神状态，高度自觉的责任担当，高效有序的工作本色，用科学的方法推进帮扶，激发出了贫困户的内发动力，全面精准脱贫攻坚，豪迈地在红色土地上，建成了全世界都要注目的小康社会。

“指针没有在那一时刻停留，时间继续向前走去……”路遥在他的长篇小说《平凡的世界》里，说过的这句话，此时此刻，仿佛一曲振聋发聩的陕北信天游，倏忽鸣响在我耳畔。我向黄帝陵上攀爬着，遗憾我没能参加2020年的黄帝陵当日祭祖大典，但我还能感受到当日当时的氛围，因为新冠肺炎疫情，取消了往年万人参祭的宏大场景，然而依然不失应有的庄严与隆重。

桥山巍巍，沮水汤汤，是日黎明起，黄陵县的群众即有组织地捧着贡物，抬着贡品到陵前来……祭乐阵阵，伴随着百鸟朝凤的雅乐，即万紫千红、二龙戏珠、灵狮猛虎等造型毕肖的饼羹时果，敬献上祭坛，是时就到了诵读祭文的时刻了。

今年的主祭人是陕西省省长刘国中。

与此同时，在台湾的新党荣誉主席郁慕明亦率领党内同志在台湾中央党部遥祭轩辕黄帝。作为荣誉主席的郁慕明先生说了，过去八年清明节，自己每年都率团到陕西黄帝陵祭拜黄帝，今年是第一次在台湾遥祭，同样表达了中华儿女对先祖的追思。他表示，怀念人文始祖是中华儿女应有的责任，每次拜祭黄帝陵，看着几千年的苍松翠柏，看着庄重肃穆的宏大典礼，一种民族自豪感油然而生，那是我们每一个华夏儿女真正的根。

天佑中华！炎黄子孙万世永昌！

视频牵连着两岸，大陆看见了他们对黄帝的祭奠，他们也一定看见万古岿然的黄帝陵前，大陆在今年这个特殊时期的祭祖活动，如这个特殊的时期一样，是怎么的特殊！

陕西省省长刘国中以其凝重的语气，诵读着对黄帝的祭文：

岁次庚子，节届清明；桥山巍丽，松柏翠凝。轩辕胄裔，敦诚敦敬，谨备尊礼，恭祭圣灵……天地玄黄兮，开来继往；潮流浩荡兮，壮阔轩昂。回首七十载，只争朝夕，奇迹史册彪炳；儿女十四亿，不负韶华，拼搏玉汝于成。不忘初心，恒念人民幸福；牢记使命，追梦民族复兴。坚定自信，制度创新守正；埋头苦干，大道笃定前行。经济腾达，国力坚毅昌盛；隆治安泰，华诞礼赞峥嵘……两岸同根同源，大势不可阻挡；港澳繁荣稳定，逆流情法不容。尽锐出战，脱贫攻坚决战决胜；奋力拼搏，全面小康必达必成！

2020 年 5 月 10 日黄陵县索洛湾村